集英社オレンジ文庫

ノベライズ

THE HEAD

ひずき優
原作／アレックス・パストール　デヴィッド・パストール

CHARACTERS

[ポラリスⅥ　越冬隊]

アーサー・ワイルド　著名な生物学者

エリック・オスターランド　越冬隊長

アニカ・ルントクヴィスト　遺伝学者。ヨハンの妻

ニルス・ヘドランド　技術員

マイルズ・ポーター　通信員

エバ・ウルマン　看護師

ラモン・ラザロ　コック

マギー・ミッチェル　医師。初参加

アキ・コバヤシ　生物学者。初参加

ヘザー・ブレイク　コンピューター担当。初参加

[ポラリスⅥ　夏の先発隊]

ヨハン・ベルク　夏隊長。アニカの夫

アストリッド　ヘリコプターパイロット

ガス　通信員

ミッケ　医師

[ポラリスⅤ　越冬隊]

ダミアン・ファウルズ　生物学者。母国で自殺

ラーズ・オーランダー　医師。母国の事故で死亡

サラ・ジャクソン　環境科学者。
ポラリスⅤで起きた火災により死亡

Contents

ノベライズ

THE HEAD

1

大陸は遙《はる》か彼方《かなた》まで一面の雪に覆《おお》われていた。

陽光を反射し、まぶしいほどに白い雪氷《せつぴょう》の大地と、抜けるように青い空とが、互いに鮮やかなコントラストを描いているその景色には、いっさいの異物を拒否するかのように命の気配がなかった。ただ、びょうびょうと吹く風雪が、地上のあらゆるものを凍《い》てつかせ、白い色に塗りつぶしていく。

そこは見渡す限りの雪と氷に閉ざされた南極の地だ。目に入るものと言えば地形の凹凸《おうとつ》か、あるいは突如現れる、切り立った氷の崖《がけ》ばかり。

そんな棚氷《たなごおり》の中央に、雪に埋もれるようにして、原色に塗られた小さな建物がぽつぽつとへばりついていた。

ポラリスⅥ。比較的新しい科学研究基地である。

積雪への対策で高床になった施設は、大きく四つに分類される。大気研究観測所、電波望遠鏡の設置されたダークセクター、衛星通信アンテナを有する電気通信ステーション、そして隊員達の宿舎。滞在する隊員が、外界から隔絶された中でも不自由なく研究生活を送れるよう、あらゆる設備を備えているのだ。

その中心である三階建ての本棟は、現在ひどくにぎやかな雰囲気《ふんいき》だった。

正面玄関から見下ろす野外では、隊員たちが音楽を流し、バーベキューに興じている。グリルを囲んで酒を呑《の》み、談笑する彼らの真ん中で、コックのラモン・ラザロが、ステンレス製のヘラを巧みにさばいていた。

コック帽の代わりにニット帽をかぶり、エプロン姿で、ハンバーガーのパティを宙に放り投げてひっくり返すパフォーマンスを披露している。

「さぁ、みんな！　熱いうちに食べてくれよ！　ここじゃすぐ冷めちまうぞ。クソみたいな寒さだからな。さぁどうぞ！」

スペイン出身のラモンは、陽気でおしゃべりな若者だ。皿を差し出す隊員たちのバンズの上に、次々と焼けたパティをのせていく。

その向こうでは技術員のニルス・ヘドランドが氷鋸を使い、氷の塊《かたまり》を砕《くだ》いていた。くたびれたオーバーオールがトレードマークのニルスは、ラモンよりひとまわりほど年かさである。氷鋸を操る手つきも、まるで南極で生まれ育ったかのように年季が入っていた。みるみるうちに氷を小さく切り分けた彼は、一列に並べたウィスキーグラスのひとつひとつにそれを落としていく。

氷に内包された空気が溶け出してぱちぱちと音を立てる中、周囲にいた隊員達が飲み物めがけて殺到した。

「いいぞ、持っていけ！　…うわ、慌てるな！　これは俺のだ。いいか？」

ニルスは、彼らの鼻先で自分の分を二杯すばやく確保するや、片方を一気に喉《のど》に流し込んだ。強いアルコールが胃を灼《や》く。その感覚を噛《か》みしめ、続けざまに二杯目に口をつける。

二階へ続く鉄の階段をのぼっていくと、そこが正面玄関だ。分厚い金属製の密閉扉が、何もかも凍りつかせる南極の寒気と内部とを隔《へだ》てている。

その内部も、今は屋外と似たようなにぎやかさだった。

入口を過ぎてしばらく進めば、人でごった返すラウンジに入る。いつも殺風景な室内は、色とりどりのテープやモール、風船で飾られ、ビートの利《き》いたポップソングが流れている。

壁には〝さらば夏隊の諸君〟と書かれた大きな横断幕が貼られていた。

そう。ここにいる隊員達のほとんどは明日、それぞれの母国に帰還するのだ。

南極の観測隊は、夏隊と越冬隊に分かれる。夏隊は、南極での夏期に当たる十一月から四月の間に活動するチーム。越冬隊は、その後の冬期も含め通年で活動を続けるチーム。

つまり明日夏隊を見送れば、越冬隊は半年にわたり、残った少数の隊員だけで過ごすことになる。とはいえ帰国する者も、送り出す者も明るい表情だった。皆、一緒に過ごす最後の一時を楽しんでいる。やがて、その中の誰かが叫び始めた。

「スピーチ！」

と、周囲がいっせいに声を合わせる。

「スピーチ！　スピーチ！　スピーチ！」

唱和《しょうわ》の中、一人の人物が人垣をかき分けて現れた。

デニムの上にジャケットをはおった初老の男である。輪の中央に進み出たところ、居合わせたメンバーから拍手が起きた。それもそのはず。

彼はアーサー・ワイルド。世界的に名の知られた生物学者で、ポラリスⅥでの研究における実質的なリーダーでもある。

「わかった、わかった。どうしてもというのなら…」

謙虚を美徳とするイギリス人らしく、あくまで皆に乞《こ》われたからというていで咳払《せきばら》いをするも、その表情には満更でもなさそうな笑みがにじんでいた。

鷹揚《おうよう》に周囲を見まわし、彼は蕩々《とうとう》と語り始める。

「この夏が、仕事と科学的研究に没頭する日々だったのは言うまでもない。だが我々の任務はまだ終わっていない。幸運な夏隊のメンバーが明日、暖かな文明社会へと戻っていく一方で、果敢《かかん》な数名がこの地に残り、冬の闇に耐えながら知識の光を世界にもたらす使命を担《にな》う。我々がポラリスⅤで始め、ここで継続する研究こそが、病みゆく地球を治癒《ちゆ》する力になり得るかもしれない――」

ラウンジを出ると、螺旋《らせん》階段のあるハブスペースに行き当たる。建物をつなぐ廊下《ろうか》は壁も天井も真っ白な断熱パネルで作られ、さながら宇宙ステーションのよう。少し歩いた先にある宿舎は、せまい廊下の左右に隊員用の個室がずらりと並び、大型客船の船室に似た印象だ。

ドアは廊下の両側に一二個ずつ。そのうちのひとつを背の高い男がノックした。「誰？」と問う室内からの声に、茶目っ気を込めて応じる。

「夏隊長だ」

男はヨハン・ベルク。がっしりとした体格で、見た目は厳《いか》ついが、ドアを開けた相手にほほ笑みかける青灰色の目は温かい。

「やぁアニカ。地球温暖化との戦いは少し休んで、俺たちの送別会に顔を出してくれよ」

部屋の主――アニカ・ルントクヴィストは、苦笑交じりに答えた。

「どうして私が行かなくちゃならないの？」

髪をラフにまとめ、化粧《けしょう》っ気もなく、完全にくつろいだ格好である。ヨハンはそんな彼女を優しく見つめた。

「この夏隊長は君のボスだぞ。君は出席すべきだろう」

彼にとってアニカは優秀な遺伝学者であるのみならず、世界で最も愛する女性でもある。

彼女は微笑を浮かべてヨハンに身を寄せ、その腰に手をまわした。

「あなたは私の夫でしょ。これから六ヶ月も会うことができなくなる夫――」

ヨハンは明日、夏隊を率《ひき》いて帰国の飛行機に乗る。そしてアニカだけがここに残るのだ。

彼はアニカの首にキスをした。

「あぁ、しばらくはふれ合うことも、キスすることもできなくなる…」

小さく口づけながら名残《なごり》惜しげにささやく。アニカはそんな夫の髪を優しくなでた。

二人はそのままベッドに倒れ込む。くすくすと笑いながらキスをくり返し、互いの服を脱がせていく——。

宿舎の個室を仕切るのはパネルの壁一枚。防寒や保温の性能には優れるものの、防音にさほど効果のない壁は、二人の笑い声や愛し合う音をほとんど阻《はば》むことがなかった。

隣室のマギーは、それを無視して、机の上に置いたノートパソコンと向かい合う。

『みんなは明日、発《た》つの？』

スカイプの向こうにいるのは妹のシルビアだ。マギーはうなずいた。

「ほとんどの隊員はね。そう…、ここに残るのはわずか十名ってわけ」

マギー・ミッチェル。資格を得たばかりの若い医師である。優秀さとまじめな人柄を買われ、研修先の病院では今後も勤務を継続するよう望まれた。

しかしマギーは、確固たる信念と目的を持ってここにやってきた。…はずだったが、その決意も、イギリスにいる妹とスカイプで話すうち、少しずつ力を失いつつある。

モニターに映るシルビアに向け、マギーは不安にかられた様子で訴えた。

「あと数時間で飛行機が出る。この夏最後の便よ。その後は…」

『ねぇ、聞いて。お姉ちゃんならできるよ、絶対に。すべてうまくいく。今にわかる』

「そうね。地球上で一番寒い南極に六ヶ月も隔離されれば、うまくいかないわけないわ」

『………』

トゲトゲとした神経質な返答に、シルビアが言葉を失う。

（いけない…）

ここに来ることは自分で選んだというのに、妹に当たるなんて。マギーが言葉を探していると、しばしの沈黙の後、彼女は穏やかに告げてきた。

『…ママはお姉ちゃんのこと、きっと誇りに思うよ』

「………」

ほほ笑む妹とスカイプ越しに見つめ合う。にじみそうになった涙を、瞬きをしてごまかした。感謝を込めて、妹に大きくうなずく。

そんなとき、コンコン…とノックの音とともに部屋のドアが開いた。

「マギー？」

ひょっこりと顔をのぞかせたのは、アキである。

アキ・コバヤシ。年齢は三十代と聞いているが、とてもそうは見えない日本の生物学者だ。すらりと引きしまった見た目は、まだ学生といっても通じるほど若々しい。

彼はマギーに笑いかけてきた。

「君を探してたんだよ」

「妹と話してるとこなの」

「おいでよ。ガスがチキンダンスを踊ってる。これで見納めかもよ」

「それは見逃したくないわね」

「そうだろ」

彼はマギーの手を取って椅子《いす》から引き離した。マギーはウェブカメラに向け、あわてて手を振る。

「じゃあね、シルビア。大好きよ！」

『じゃあね』

妹の返答を背に、アキに引っ張られて向かった先は食堂である。そこはアップテンポな音楽が大音量で流れる即席のダンスフロアになっていた。

アルコールが入り、すっかりできあがった酔っぱらいたちが輪になっている。音楽のリズムに合わせて手をたたく彼らの中心では、ひょろりと背の高い若者がチキンダンスを披露していた。夏隊の通信員、ガスである。

ニワトリのような振り付けが特徴の、子供のお遊戯《ゆうぎ》ダンスを、彼は汗をかきながらも満面の笑顔で踊っている。お尻をふりふりツイストさせる仕草に、周りの酔っ払いは歓声を上げてはやしたてていた。

にぎやかな輪から外れ、少し離れたところでは、看護師のエバ・ウルマンが、ドリンクを片手に他の女性隊員と話し込んでいる。互いに子持ちのため話題は家のことだ。

「ルーカスがスマホの検索履歴《りれき》を見つけて、あの子を一ヶ月間の外出禁止にしたの。最近の子供は、指をちょこっと動かすだけで何にでも手が届いてしまうんだもの。とんでもないわよね――」

そこまで話したところで、エバは近づいてくる人影に気づいたように言葉を止めた。

越冬隊長のエリック・オスターランドである。

ドイツ出身の元軍人は、音楽のリズムに合わせて身体《からだ》を揺らしながらエバの前に立った。

「踊っていただけますか、お嬢さま」

「………………」

その誘いに、エバは少々気まずくなる。

微妙な雰囲気《ふんいき》を察した他の隊員は、さりげなく離れていった。その必要はないのに…と思いながら、言葉を選んで口を開く。

「エリック、私…外に出るところだったの。ハンバーガーを食べようと思って…」

遠回しな拒絶の意図が伝わったのだろう。エリックは思わせぶりに返してきた。

「僕が思うに、君は怖いんだ。手に負えなくて怖いんだろ——これが！」

声を張り上げた彼は、その場でチキンダンスよりもマヌケなダンスを炸裂《さくれつ》させる。滑稽《こっけい》としか言いようのない動きで腰を振りながら、エバの周囲をぐるりとまわった。

エバは大きく噴き出し、首を振った。

「うそでしょ。やめて。お願いだからやめて、本当に！」

「君が越冬に参加してくれてよかった」

彼の言葉に、エバは笑顔をこわばらせる。しかしやがて両手を軽く上げた。

「いいわ。わかった、わかった！　あなたの勝ちよ」

小さく快哉《かいさい》を叫んだエリックは、エバの手を取るや、喜び勇んでダンスフロアの中央へと引っ張っていく。

そこではアップテンポな曲に合わせ、大勢がダンスを楽しんでいた。

マギーとアキもいる。笑顔の二人は時々言葉を交わし合い、自分たちだけの世界に入りこんで踊っていた。

※

翌日は快晴だった。

タールマック舗装《ほそう》の滑走路には、巨大な貨物機が轟音《ごうおん》を上げて待機していた。凍結を防ぐため、出発する前からエンジンをかけている。

大量の物資と人員を運ぶための大型輸送機には、機材やゴミの詰まった大きなクレートが、後から後からフォークリフトで積み込まれていた。環境保護の観点から、焼却したゴミの灰や不燃ゴミなどの廃棄物《はいきぶつ》は、すべて持ち帰ることが条約によって義務づけられているのだ。

また別の入口からは、夏隊のメンバーが一列に並び、ゆっくりと搭乗《とうじょう》を始めていた。

輸送機の傍では、夏隊長のヨハンと越冬隊長のエリックが向かい合っている。送り出す側のエリックはニッと笑った。

「きっと寂しくて俺に会いたくなるぞ」

「おまえになんか、会いたくなるもんか」

「いいや、きっと俺に会いたくてたまらなくなるさ」

　エリックの軽口に、ヨハンは苦笑いを浮かべる。

「わかったよ」

「さぁ、とっとと行きやがれ」

「じゃあな」

　ヨハンは笑ってエリックを抱きしめる。さらに傍にいたニルスと握手をした後、アニカに近づいていった。

　半年後に夏隊が戻ってくるまで、彼女と直接会うことはできなくなる。長い別れを前にしてナーバスになっているのは、先に帰るヨハンのほうだった。

「アニカ…。本当にこれでいいのか？」

　夫の問いに、アニカは目を伏せて応じる。

「ヨハン…」

「君はあの男が我慢ならないんだろ？」

「それとこれとは別問題よ」

　アニカはヨハンをまっすぐに見つめた。

「彼が単に男だからという理由で功績を独《ひと》り占《じ》めするなんて、二度と許されないことよ。心配しないで。もう彼を立てたりしない。私は私の実績を残したいの」

迷いのない眼差《まなざ》しを前にして、ヨハンはうなずくしかなかった。これ以上何を言っても、妻の決心は変えられないだろう。

なおも心配そうな夫に向け、彼女は小首を傾《かし》げて笑いかける。

「あなたを愛しているわ。心の底から。わかってるでしょ?」

「あぁ」

「それでね、私、ずっと考えていたんだけど…我が家の人口を増やさない?」

「我が家の人口を増やす?」

「子供を作るのよ」

「――――」

思いがけない申し出に、ヨハンの胸は喜びに満たされる。

「本気か!?」

「もちろん」

ほほ笑んで答える妻に、ヨハンはキスをした。その言葉を長いこと待ちわびていたのだ。

互いにさらなるキスを求め、言葉よりも雄弁に気持ちを伝え合う。

「さぁ、行って」

長いキスの末に、アニカが柔らかくうながす。ヨハンは晴れ晴れとした気分でバッグをつかみ、飛行機に向かった。

けたたましい轟音と共に、飛行機は雪を巻き上げて離陸していく。

巨大な飛行機はあっという間に遠ざかり、広大無辺《こうだいむへん》の空の彼方《かなた》へと消えていった。先ほどまで耳を塞《ふさ》ぎたくなるようだったエンジン音も、今は遠い。

ヨハンを乗せた機影を、アニカはいつまでも見送った。

機影が見えなくなると、ようやく鉄の階段をのぼって分厚い金属製のドアを押し開く。夏隊が去った後のポラリスⅥの中は、一転しておそろしいほどの静寂に包まれていた。

南極はこれから冬期に入り、半年もの間、太陽の昇らない極夜《きょくや》が続く。

内陸にあるポラリスⅥは、ほどなく昼夜を問わない闇に包まれることになるだろう。また天候も荒れるため、空路が完全に閉ざされてしまう。

何があろうと警察も救急も呼ぶことができない。

つまりこれから半年、この基地は外界から完全に隔絶されてしまうのだ。

※

夕刻のポラリスⅥは、ひとつの部屋を除いて静まりかえっていた。

昨日までは収容人数のわりにせまく感じられていた建物も、今はうら淋しく広がるばかり。無人の廊下《ろうか》に響くかすかなテレビの音は、ラウンジから漏《も》れてくるものだ。今、そこには越冬のために残ったメンバーが全員顔をそろえていた。


元軍人の越冬隊長、エリック。

著名な生物学者のアーサー。

アーサーの部下で遺伝学者のアニカ。

ベテラン技術員のニルス。

コンピューター担当のヘザー。

通信員のマイルズ。

日本人の生物学者、アキ。

新米医師のマギー。

優しい看護師のエバ。

そして明るく陽気なコックのラモン。

以上が、これからポラリスⅥで半年を過ごすことになる越冬隊員である。

彼らは十名で初めて迎える夜を有意義なものにしようと、ラウンジに集まっていた。一人で読書にふけるアーサーを除き、全員が正面に置かれた大きな薄型テレビに見入っている。画面の明かりが、めいめいくつろぐ彼らの顔を照らしていた。

上映されているのは『遊星からの物体X』。南極で越冬中の基地を、地球外生命体が襲うホラー映画である。

　今は、越冬隊員たちの中の誰かが、すでに謎の生命体に身体を乗っ取られていることが判明した場面。主人公の策が功を奏し、仲間の隊員のふりをしていた生命体が、おぞましい正体を現す。

　ジャーン！

　突然大きくなった映画の効果音にマギーは息を呑《の》んだ。しかし彼女以外のメンバーは、グロテスクな画面を楽しんでいるようだ。

　今この状況でこんな映画を見るなんて悪趣味と言うほかない。マギーはソファーの上で、ぴったり寄り添って座るアキにささやいた。

「いったい誰が、この映画を見ようと言ったの？」

　アキもひそひそ声で応じる。

「これは伝統だよ。どの基地でも冬の始めに見るんだ。越冬隊の仲間入りを祝して、ね」

「最高ね」

　うんざりとつぶやき、マギーは立ち上がった。

「ちょっとひと息ついてくる」

　アキにだけ言い置いて、こっそり部屋を出ようとしたものの――

「どこに行くの!?!?!?」

　突然、ラモンに大きな声を出され、飛び上がる。

「マギー、怖いのか？　そういえばここ、夜中に奇妙な物音がするんだよ……」

出口近くに座っていた彼はニヤニヤ笑いを向けてくる。マギーは彼に中指を立ててラウンジを後にした。

静まりかえった廊下を歩く中、背後からは他の隊員たちが映画をネタにしたジョークを叫ぶ声が聞こえてきた。楽しそうで何よりだ。

しかしマギーは彼らのように陽気にはなれない。

心に何かが重くのしかかっているようだ。何があろうと半年間、この地から抜け出すことはできないという実感が、今になって湧いてきたのかもしれない。

マギーは正面玄関に向かった。ドア前のウォールハンガーにかけてある屋外用の防寒具を身につけ、分厚い金属ドアを押し開いて外に出る。

あたりには夜のとばりが下り、何もかもを暗闇で包みこんでいた。とうとう長い冬が始まったのだ。

足の下で固まった雪がバリバリと音を立てる。幸いなことに風はほとんどない。

「…………」

マギーは目を閉じ、新鮮な空気を深く吸い込んだ。強烈な寒さに胸が痛くなる。しかし基地内の、息の詰まるような空気からは解放された。そして上を向けば――夜空は緑色に染まり、幻想的に揺らめいている。オーロラだ。

視界いっぱいに広がる圧倒的な星空と、優美な光のカーテンは、うち沈んだ気分を吹き飛ばした。耳が痛くなるほどの静寂の中、マギーはぼんやりと美しい景色に見入る。

しかし…その時、かすかな声がどこかで響いた。

まるで赤ん坊が泣いているような、弱々しい声が、暗闇から聞こえてくる。

(何かしら…?)

困惑しながら、マギーは懐中電灯を取り出し、ぐるりと周囲に向けた。すると遠くの氷の上に、小さな生き物がいることに気づく。

(あれは…アザラシの赤ちゃん?)

のろのろと氷の上を這《は》う様子から、衰弱し、死にかけていることが伝わってきた。か弱い声は、不気味なまでに人間的である。

頭上には壮麗《そうれい》なオーロラ。地上には死にかけたアザラシ。マギーは今、南極の美しさと恐ろしさとを同時に目《ま》の当たりにしているのだ。

背後でアーサーの声がした。

「迷子だ」

近づいてきた彼は、懐中電灯の光の先を見ていた。

「昨夜の吹雪《ふぶき》で、仲間からはぐれたんだろう」

「どこへ行くのでしょう?」

「海へ戻ろうとしているんだ。おそらくそれまで持つまいが」

「………」

「助けられないことはわかっているな?」

「…ええ」

アーサーの問いに、マギーはうなずいた。

南極では科学的な調査を除き、野生動物を捕まえる、群れを乱す、餌《えさ》を与える、ふれる、接近して驚かす等の行為が禁止されている。自然への干渉を最小限に留めるためだ。

それでも、死にゆくアザラシの赤ちゃんを前にしてマギーの心は痛んだ。か細いアザラシの鳴き声が、まるで助けを求めているかのように聞こえてしまう。

「野生動物に近づくな。人間はいないかのようにふるまえ…というのは、もちろん不条理だが、それが規則だ」

「…はい」

マギーは、死にかけたアザラシの哀願するような目から顔を背けた。罪悪感に背中を押されながら、そそくさと基地の中に戻る。

しかしその出来事は、寝る時間になってもマギーの頭から離れなかった。か細く鳴くアザラシの姿が忘れられず、眠ることもできずに何度も寝返りを打つ。

マギーはその夜、じっと天井を見つめていた。

※

半年後――一〇月二九日。

南極にようやく太陽が昇り、長い夜の間に降り積もった雪をまばゆく照らした。夏の始まりである。

地平の彼方まで見渡す限り一面の氷雪に覆《おお》われ、強い風がびょうびょうと吹きすさぶ景色は、冬が始まった頃とほぼ変化がない。その中にポラリスⅥの施設がぽつぽつ見え隠れしているのも相変わらずだ。

変わったところといえば、半年前よりも建物が雪に埋もれているところか。そしてボロボロになった旗が、強い風になぶられるままバタバタとはためいている。

六ヶ月もの間、風雪に閉ざされていたそこに、今日、大きな変化が訪れようとしていた。日照と天候のおかげで飛行可能になった空から、ヘリコプターが近づいているのだ。

ヘリコプターの後部座席には数名の技術員の姿があった。越冬隊を長い任務から解放し、すぐ後に訪れる夏隊が到着するまでに基地の準備を整える先発の隊員たちだ。

基地に着けば、山のような作業に忙殺されることになる彼らだが、今は本を読んだり、携帯ゲームに興じたり、めいめいの時間を過ごしている。中にはヘリの激しい揺れをものともせず、昼寝をしている強者《つわもの》までいる。

そんな中、夏隊長のヨハンがシートベルトを外し、コクピットへと移動した。

操縦桿《そうじゅうかん》をにぎる女性パイロットのアストリッドが、副操縦席に腰を下ろす彼にちらりと目をやる。

「どうも」

ヨハンはそれに応えず、フロントグラスの先へと、じっと目をこらした。

しばらくの後、まぶしい雪原の彼方に小さな黒い点が現れる。ポラリスⅥだ。

「見えたな」

ヨハンが緊張のおももちでつぶやいた。

アストリッドはその心中を慮《おもんぱか》り、やや気をつかいながら口を開く。

「…どのくらい経つんですか？」

「三週間」

「音沙汰《おとさた》なし？」

「ない」

首を振りながら応じたヨハンに、意識して軽く返す。

「そういうこともあるわ」

「通信が完全に途絶えることが？」

「たまにですけど…」

アストリッドは再びちらりとヨハンに目をやった。

「きっと彼女は元気ですよ」

「あぁ」

同意というよりも、気遣いへの感謝をこめて、ヨハンはうなずいた。

つまりはポラリスⅥに滞在中の妻のアニカと、もう三週間も連絡が取れていないのだ。通信機の故障か何かだろうと思うものの、どうしても不安をぬぐえない。

大丈夫。深刻な事態ではない。自分にそう言い聞かせる。

まもなくヨハンはあることに気づいた。

ヘリコプターは少しずつポラリスⅥへと近づいていく。ここまで来れば、向こうにも音が聞こえているはずだ。

「隊員たちはどこだ？　出迎えはいないのか？」

怪訝《けげん》そうなヨハンの声に、アストリッドも基地の周囲に目をやった。確かにおかしい。

日中のこの時間に、基地の外に誰もいないだなんて。

それでなくても長い冬ごもりの後だ。誰か一人くらい、ヘリを迎えに出てきてもよさそうなものだが――

「………」

二人の心配は晴れないまま、ヘリはポラリスⅥの前に着陸する。接地するかしないかのうちに、ヨハンはスライド式のドアを力任せに開き、滑走路に飛び降りた。回転翼の風の中、深い雪を踏みしめ、できる限りの速さで基地に向かう。

しかし――他のメンバーを待たず先を歩いていた足取りは、正面の入口に近づくにつれて勢いを失っていった。やがて完全に止まってしまう。

「――――」

そんなバカな、という思いに立ちつくした。

大きな雪の塊《かたまり》がドアを塞《ふさ》いでいる。

断続的に続く冬の吹雪によって、積もりに積もった雪だろう。南極の暮らしは除雪作業との戦いだというのに、施設のライフラインを守るためにも必須《ひっす》と言っていい、その作業が行われていないのだ。

「………」

ヨハンはゆっくりと近づき、手袋をした手で雪の山にふれる。

ひどく動揺《どうよう》していた。不安に胸がつかまれる。

こんなことは本来あり得ない。最後にこのドアが開かれたのは、一体いつなのだろう？

ヨハンは後ろからやってくる隊員たちをふり向き、直ちにシャベルを持ってくるよう指示をした。

「早くしてくれ！」

異変に気づいた彼らはすばやく動き、協力して雪かきを始める。南極に来る者にとっては慣れた作業だ。彼らはたちまち雪をかきわけ、ドアまでの道を作った。

ようやく現れた分厚い密閉扉を、今度は別の機材を使って外側からこじ開ける。三十センチほどの隙間《すきま》ができると、ヨハンは待ちきれないとばかり、すぐさま身体《からだ》をねじ込んだ。

中は照明が落ちており、真っ暗だった。

持ち込んだ懐中電灯を取り出し、明かりをつけて、ゆっくりと周囲に向ける。明かりの先に浮かび上がるのは、無人の廊下《ろうか》と宙に舞う埃《ほこり》ばかり。

「おーい！　…誰かいないか？」

物音ひとつしない屋内は、昼間だというのに人の気配がなく、薄闇に沈んでいた。採光用の窓が小さいため、陽光がなかなか届かないのだ。

ラウンジまで進んだヨハンは言葉を失った。懐中電灯はまず、倒れた本棚《ほんだな》を照らし出す。周りの床には割れたグラスや空き缶が散乱し、椅子《いす》も転がっていた。

ヨハンは壁にある電気のスイッチに手をのばしたものの、カチカチと音がするばかりで明かりはつかない。停電しているようだ。通信員のガスをふり向き、強い口調で言った。

「発電機を立ち上げろ。稼働《かどう》させるんだ」

「了解」

ガスが気圧《けお》されたように外に出ていく。周りにいた隊員達は、いつも温厚なヨハンが苛立《いらだ》ち、無愛想なことへの驚きを交えた目を見交わしていた。

わかっていても気持ちを抑えられない。動揺、不安、困惑…。あらゆる悪い予想が心をつかみ、激しく揺らしてくる。

電気の回復を待つことなく、幾つかのグループにわかれて探索を行うよう指示をした。

ヨハンと行動を共にすることになったのは医師のミッケ。メガネをかけた小太りの男で、以前にも南極での生活を経験しているベテランである。

二人は、それぞれの懐中電灯で周囲を照らしながら、暗い廊下を歩いた。

しばらくの後、その光が、白い壁についた血のような手跡を照らす。ヨハンは立ち止まり、染みに見入った。

「血か？」

ミッケが隣で身をかがめ、それにふれる。乾いてカサカサした感触を確かめてうなずいた。

「ええ。数週間は経ってますが」

ヨハンはそのあたりを入念に懐中電灯で照らし始める。と、しばらく進んだ先で、壁に小さな穴が空いていることに気がついた。手袋を外し、その穴に指を差しこんでみる。

ミッケが眉根《まゆね》を寄せた。

「弾痕？」

「あぁ……」

「いったい誰が基地内で銃など？」

南極では条約によって軍事活動が禁じられ、武器の持ち込みや使用が厳しく制限されている。ここで銃の撃ち合いなどありえない。

「…………」

ヨハンとミッケは難しい顔を見合わせる。

そのとき、ふいに廊下が明るくなった。天井の照明が息を吹き返したのだ。

「発電機が再稼働したんだな」

ヨハンはわずかに安堵《あんど》の息をつく。順番に点灯していく蛍光灯の明かりが、ややあって廊下の先の研究室に続くドアをも煌々《こうこう》と照らす。

突如そこに現れたものに、ガツンと殴《なぐ》られるような衝撃を受けた。

まず目に飛び込んできたのは、床に広がる血の海。そしてその中に倒れ伏す、何者か。

「――くそ！」

懐中電灯を消すと、ヨハンは床の血を踏まないよう気をつけて相手に近づいていった。

ひざをつき、顔を確認してうめく。

越冬隊長のエリックだ。喉《のど》を切り裂かれ、事切れている。死んでからだいぶ時間が経っているのだろう。遺体についた血はすっかり乾いていた。

傍には消火器が転がり、そこにも弾痕のような小さな穴が空いている。

「何てことだ…」

アニカの安否を心配する気持ちに、ひたひたと恐怖が近づいてくる。

物言わぬ同僚を見下ろし、ヨハンは考え込んだ。半年の間に、一体ここで何があったというのだろう？

その時、腰に付けていたトランシーバーが鳴った。ザーザーとした雑音に混ざってアストリッドの声が響く。

『ヨハン、聞こえる？』

「こちらヨハン。どうぞ」

『至急、車両格納庫に来てちょうだい！』

ヨハンはミッケと顔を見合わせた。アストリッドは何かを見つけたようだ。

「わかった。すぐ行く」

車両格納庫は本棟に隣接し、地下道でつながっている。二人は急いで目的地に向かった。

体育館のように広いスペースに、スノーモービルやスノーキャットを収容する施設だ。

しっかりと閉ざされた大きな金属製のドアが、氷点下の外界から中の車両を守っている。

また給油やメンテナンスのための設備も備えている。

夏をここで過ごしたヨハンとミッケにとっては、よく知った場所だ。しかし——入ったとたん、二人は足を止めて息を呑《の》んだ。

「————……」

そこには黒焦げになった、一台のスノーキャットがあった。

氷上輸送はもちろん、基地周辺の調査に利用される大型雪上車である。しかし今は、本来赤いはずの車体が真っ黒に焦げた状態だった。

その前でアストリッドが途方に暮れたように立っている。

「どうして、こんな……」

ゆっくりと近づいていったヨハンは、近くの壁と天井も黒くなっていることに気づいた。

どうやらスノーキャットは爆発したようだ。

記憶が正しければ、同じものが二台あったはずだ。ヨハンはアストリッドをふり向く。

「もう一台のスノーキャットは？」

「ここにはありません」

「何てことだ…」

つぶやいた後で、今日だけで何度も同じ言葉を口にしていることに気づいた。

アストリッドがためらいがちに続ける。

「でも実は…もうひとつ見てもらいたいものがあるんです」

「何だ？」

「来て下さい」

アストリッドは車両格納庫の反対側に向かった。その先の床の上には、カバーの掛けられた何かがある。

「あれは…？」

近づいていくと、黒っぽいカバーで覆《おお》われているのは、横たわった人間の身体であることがわかった。

その瞬間、どきりと心臓が波打つ。真っ先に脳裏《のうり》に浮かんだのは、連絡の途絶えた妻の顔だった。

「…中は確認したのか？」

訊ねると、アストリッドは遠慮《えんりょ》がちに首を振る。

「あなたが来てから、と思って…」

「―――」

ヨハンはカバーの横にかがみ込み、喉が干上《ひあ》がりそうになる不安を堪えながら、ふるえる手をのばした。カバーの端をつまみ、ゆっくりと持ち上げていく――

現れたのは、顔の判別もつかないほど真っ黒に焦げた遺体だった。

(これは誰だ…?)

恐れていたものではなかった安堵と、捨てきれない疑念とに苛《さいな》まれつつ、ヨハンはミッケをふり返る。

「何かわかることは?」

「大きさと骨格からすると…おそらく女性。この死体は女性です。それ以上のことは…」

医師のミッケにも、この遺体がアニカか別の誰かなのかを判別する術《すべ》はない。ただひとつ、可能性が高いのは――

ヨハンは黒焦げのスノーキャットに目をやった。

「この中で死んだのか?」

「おそらくそうです。骨の焼け方から見て少なくとも四〇〇度以上には達していたでしょう。あるいはもっとかも――」

説明の途中でミッケはハッとしたように言葉を切る。遺体はアニカかもしれないのだ。

「すみません…」

「――――」

ヨハンは激情を堪えるように、眉根に深い皺《しわ》を刻んだ。ふくれ上がるストレスに押しつぶされそうになりながら立ち上がり、声を張り上げる。

「基地全体をくまなく調べろ！」

車両格納庫にいた他の隊員たちが、飛び上がるようにふり向いた。

「越冬隊の、他の隊員を探せ！　隅から隅まで調べて妻を見つけるんだ、いいか！」

普段のヨハンから想像もつかない激しい剣幕に、全員バタバタと散っていく。

「そこの二人は宿舎を調べろ！　徹底的に見ろよ。いいか、徹底的にだ！」

右へ左へと大声で指示を出しながら、ヨハンは本棟へと戻っていった。廊下を歩いていると、「隊長！」と叫ぶガスの声がした。厨房《ちゆうぼう》のドアの前に立っている。

「厨房のドアが開きません。何かで中から塞《ふさ》がれているようです」

取っ手を下ろして押すものの、ドアは開かない。少しは動くものの、途中で引っかかってしまうのだ。ヨハンもドアを押すのを手伝った。

「いくぞ、いいか！　やれ！」

しかしどうしても途中で止まってしまう。さらに力を込めると、ようやく向こうの様子が見える程度の隙間《すきま》が開いた。中をのぞいてみるも、真っ暗だ。

懐中電灯で中を照らすと、メチャクチャな惨状《さんじよう》が目に入った。

ドアを塞いでいるのは金属製の棚だ。アイランドキッチンに覆いかぶさるように倒れているそれが、つっかえ棒のようにドアの開閉を邪魔している。

ヨハンは何とか隙間に身体を潜り込ませた。

キッチンの中に入り、倒れていた棚を元に戻すと、すぐさま探索を始める。割れたガラスが足の下でバリバリと音をたてる。

懐中電灯で周囲を照らしていたヨハンは、ふと、ガラス以外の音に気がついた。

「………」

足を止めて耳を凝《こ》らす。人の声だ。

ぶつぶつと不明瞭ながら人の声がする！

(どこだ…？)

耳を澄ませ、声のするほうへと暗がりの中を移動していく。

その途中、パッと明かりがついた。照明が回復したのだ。突然のまぶしさに目を眇《すが》めつつ、周囲を見まわしていると、後から入ってきたミッケが傍にあった食器棚のドアに手をかける。ぶつぶつという声は、どうもそこから聞こえてくるようだ。

皆が見守る中、彼はゆっくりとドアを横に開いていった。

「――――」

中から現れたのは、膝を抱えて身を縮める女性である。

うずくまり、食器棚の奥に隠れていたのだ。髪はボサボサで汚らしい格好だが、見覚えがある。

「…マギーか？」

名前を呼ばれ、彼女はびくりと肩をふるわせた。引きつけるような息づかいで、のろのろこちらを向く顔は青ざめ、目はうつろにさ迷っている。

突然現れた人の気配に、彼女は片手でにぎりしめたキッチンナイフを振り上げて叫んだ。

「ウァァァ…！」

「マギー！　俺だ――」

ヨハンは近づくことなく、努めて穏やかに声をかける。

明らかに目つきがおかしい。すすり泣き、何かをつぶやきながら、震える手でナイフを振りまわしてくる。

「マギー。俺だ。…ヨハンだ。落ち着いて。…大丈夫」

「ヨ…ヨ…」

「ヨハンだ。俺の目を見ろ」

ヨハンは懐中電灯を床に置き、両手を見せながら慎重に近づいていった。

「仲間だろう？　俺たちは君を傷つけたりしない」

「………」

「ここに来たのは、君を傷つけるためじゃない。…ナイフを置いてくれないか？」

「………」

マギーの警戒は頑《かたく》なだった。それでもヨハンが優しく声をかけ続けるうち、少しずつとまどいを見せ始める。

「ナイフを置いてくれ、マギー。…頼む」

ヨハンは時間をかけてナイフに手をのばしていった。

「…そう、その調子だ。いいぞ…」

ゆっくり、ゆっくり彼女の手を開かせていき、ついにはナイフを取り上げることに成功する。そしてマギーから目を離さないまま、自分の背後に立つ隊員にナイフを渡した。

「次は君をここから出して、診療室に連れていくよ。いいね？」

「………」

マギーは子供のようにうなずいた。

ようやくその場にホッとした空気が流れる。ヨハンは食器棚の中から細い身体を引っ張り出すと、怯《おび》える彼女に肩を貸して立たせ、そのまま診療室へと運んでいった。


施設中に散っていった隊員たちからの報告は凄惨《せいさん》なものだった。

マギーを人に預けた後、ヨハンはふたたび車両格納庫に戻る。

現在、そこには皆が見つけた越冬隊員六名が、正体不明の焼死体と共に変わり果てた姿で並べられていた。

ラモン、ヘザー、ニルス、アキ、エリック、そしてマイルズ。

一列に並んだ死体収納袋を、ヨハンは苦い思いで見下ろす。遺体はすべて、何らかの暴力を受けて最期《さいご》を迎えた形跡が見受けられた。

難しい顔でそれを見下ろしていたヨハンは、ぽつりと漏《も》らす。

「…みんな、顔なじみの友人だ。まっとうなやつらだった。こいつらが殺し合いをするなんて想像すらできないよ…」

傍《かたわ》らのアストリッドが、同じく厳しいおももちで答えた。

「おそらく犯人は、この中にはいません」

「つまりここにいない誰かだと？　アーサーか、エバか？　それとも…アニカか？」

「………」

沈黙が落ちる。ヨハンはため息をついた。

「ヘリを飛ばしてくれ。高原の西側を調べてほしい。最寄りはアルゼンチンの基地だ。スノーキャットが向かったかもしれない」

彼女はうなずき、すばやくその場を離れていく。

ヨハンもその場を後にした。感傷に浸っている場合ではない。やることは山ほどある。

次に向かった先は通信室だった。

先ほど確認したところ、衛星電話等の通信機器はすべて破壊されていた。しかし幸いなことに、先発隊の持ち込んだ機材の中に衛星電話に流用できるパーツがあったため、修理させていたのだ。

衛星電話が利用可能になるや、ヨハンは真っ先にデンマークの警察に通報した。尋常《じんじょう》ならざる事態は、ようやく本国へ伝わることになった。

『私はバーグマン警視だ。今日、現場でわかったことを教えてもらいたい』

電話口に出た相手に、ヨハンは現在判明していることを簡潔に話す。

「施設は停電していました。スノーキャット一台が行方《ゆくえ》不明で、もう一台は破壊され、完全に焼けた状態です。また至るところに暴行の形跡がありました。弾痕も」

『非武装地帯に武器を持ち込んだ者がいると?』

「そのようです。誰だかはわかりません」

『それで越冬隊員たちは?』

質問を耳にした瞬間、ヨハンの手がぴくりと動いた。脳裏に、先ほど車両格納庫で目にした光景が甦《よみがえ》る。

「…七名が死亡。二名が行方不明。生存者一名です」

『生存者はミッチェル医師かね?』

「はい。彼女は基地の医療担当でした」

『どんな様子か、説明してもらえるか?』

「はい――」

ヨハンは、医師のミッケに場所を譲《ゆず》った。

「こちらはミッケ・カールソン。夏期部隊の担当医師です。ミッチェル医師は今、会話もまともにできない状態です。重度の越冬症候群です」

『越冬症候群？』

「南極で発症しやすい症候群で、別名T３とも呼ばれています。記憶障害や精神障害を引き起こすのですが、彼女はかなり重症です」

『命に別状はないのだな？』

「ええ」

『わかった。犯行現場をできる限り保全してもらいたい』

軽く言われたことに、ヨハンは苛立《いらだ》ちを爆発させる。

「あいにく基地全体が犯行現場なんですよ！」

『それはわかるが…君には最善を尽くしてもらうしかない。ミッチェル医師も安全に隔離してほしい』

「マギーは容疑者ということですか？」

『少なくとも重要参考人だ』

捜査についての詳細にはふれられたくないのだろう。あしらうような答えだ。

『これからそちらに捜査チームを送る。到着次第、捜査を引き継ぐ』

「到着までどのくらいかかりますか？」

『四八時間はかかるらしい』

その返答にヨハンは目を閉じる。二日。この状態のまま二日も過ごせというのか。

ヨハンの手が、意思に反してピクピクと痙攣《けいれん》した。

衛星電話でのやり取りの後、ヨハンはアルゼンチンの基地に向けて飛び立つアストリッドのヘリを見送った。

そのまま正面玄関前の階段に腰を下ろし、タバコに火をつける。

胸を苛《さいな》む思いは複雑だ。見つかった遺体が七体。そして二名が行方不明。マギーはあんな様子だ。彼女が犯人でないとすると、行方不明の二人が怪しいということになる…。

背後でドアが開き、ミッケが外に出てきた。彼は、長く煙を吐き出すヨハンを見てつぶやく。

「大丈夫ですか?」

「…十年間禁煙してたんだが、寒さに凍えながらガンになる特権を享受《きょうじゅ》しようかと思ってね。どう思う?」

「タバコ、どこで手に入れたんです?」

ヨハンは、手の中にあるくしゃくしゃのタバコの箱を彼に見せた。

「食堂だよ。犯行現場の保全を頼まれたばかりだけどな。警視には内緒だぞ」

「言いませんよ」

二人の間に、しばらく沈黙が下りた。

代わり映えのしない、地平まで続く雪原を眺めていたヨハンは、やがてぽつりと言う。

「マギーだが…尋問に耐えられるか？」

「四八時間後にですか？」

「いや――今すぐにだ」

ミッケはヨハンの意図を察し、とまどうように視線を揺らす。

「でも警察が到着するまで待たないと…」

「そんなに待てないんだ。そんなに待ったら、アニカは助からない」

断固としたヨハンの態度に、二、三のやり取りの後、ミッケは押し負けてしまう。結局、彼はヨハンをマギーのいる病室に連れていった。

診療室に隣接する病室は、医療用ベッドが置かれた小さな部屋である。そこでは診察を受けたマギーが、ガウンをまとい、指先にパルスオキシメーターをつけて横になっていた。

汚れは落とされ、清潔な状態でシーツにくるまっていたものの、あちこちに傷があり、片目が腫《は》れている。ミッケによると、左の脇腹には完治していない銃創《じゅうそう》もあるという。

「マギー」

ヨハンが声をかけると、彼女は目を開こうとした。力なく、かすれた声で返事をする。

「どうも…」

「俺が誰だかわかるか？」

「た…たぶん」

「俺の名前を言えるか?」

マギーは少しとまどうように沈黙した後、小さな声で返した。

「ヨ…ハン」

「よし、いいぞ」

うなずき、ヨハンはミッケをふり向く。

「君は外してくれ」

「ヨハン、それは…」

「外してくれ、と言ったんだ」

重ねて求められ、ミッケは躊躇《ちゆうちよ》を見せながらも診療室を出ていった。

二人きりになると、ヨハンはベッドの脇にスツールを引き寄せて腰かけ、マギーの顔をじっくりと観察した。全体的に肌には生気がなく、目は落ちくぼんでいる。のぞきこんでくるヨハンを見ても、いまいち反応が鈍い。

やつれた面差《おもざ》しに罪悪感、あるいは無実の痕跡がないか、ヨハンは見極めようとした。

「俺が何を訊きたいのか、君にはわかっているはずだ」

マギーは茫洋《ぼうよう》とした目を向けてくる。

「アニカ…」

「彼女はどこだ?」

何かを思い出そうとするかのように、マギーはじっと虚空を見つめた。

「彼女は…走ってる。叫んでる…彼女は――」

「怪我《けが》をしているのか？」

　マギーは手で頭を押さえた。必死に思い出そうとしているかのように。しかし、やがて首を振る。

「わからない…」

「わからない？」

「何もかも…何ていうか…頭の中を蜂《はち》がブンブン飛んで覆《おお》い隠してるみたいで…」

「その蜂を追い払ったらどうだ？」

　苛立ちを抑えてヨハンは立ち上がった。少し考え、別の角度から迫ることにする。

「マギー。もし君がやったのかと訊いたら、君は何と答える？」

「やった？」

「殺しだよ」

　彼女ははじめ、何を言われているのかわからないようだった。しかしやがて、自分が殺人の容疑者だと疑われていることを理解したのだろう。顔をこわばらせる。

「あなたは…私がやったと…？」

「他にどう考えろというんだ？　死体は七つで、二人が行方不明で、アニカは…」

　そこまで言った時、怯《おび》えて見上げるマギーの眼差《まなざ》しに気がついた。

　ヨハンは自分を落ち着け、スツールにふたたび腰かける。

「…マギー、悪かった。状況が呑《の》み込めないんだ。何でもいいから事実が知りたい。何が起きたのか、教えてほしい」

必死の懇願《こんがん》に、マギーは考え込み、じっと虚空の一点を見つめた。やがて彼女自身、記憶をたぐるかのように曖昧《あいまい》な口調で話し始める。

「あれは…３００《スリーハンドレッド》クラブの…あれがすべての始まりだった。あの日…」

※

事件の発端となった、その日の夕刻――

サウナの中で、今回初めて越冬を経験する三人の新人――マギー、アキ、ヘザーは、下着姿で汗をかいていた。マギーが二人に笑顔を向ける。

「メチャクチャ緊張する！」

ヘザーがニヤリと笑った。

「いい？　行くよ？」

明るく気っぷのいい彼女は、三人の中では主導権をにぎりがちだ。

「…スリー、ツー、ワン――ゴー！」

ヘザーの声に、サウナにいた三人は一瞬躊躇を見せた後、いっせいに外に飛び出した。

見物人のはやし立てる声の中、全速力でラウンジを駆け抜け、そのまま正面入口に向けて廊下《ろうか》をまっすぐ走って戸外へと飛び出していく。

一番早いのはヘザーだった。彼女は元々身体《からだ》を動かすのが大好きなアスリート系だ。次はマギー。おそらくアキは彼女を押しのけて先に立つことができない。当然最後がアキだった。

外はもちろん真っ暗だ。凍《い》てつく極夜《きょくや》に走り出た三人は、前方にあるまばゆいライトを目指す。その下では他の隊員達が声援を送っていた。彼らが持つ手作りの横断幕には、こう書かれている。

３００。

走者は次々とゴールし、横断幕が二つに破れる。隊員達は拍手を送った。

下着姿でガタガタとふるえる三人に、ニルスとエリックが分厚いコートを渡す。

「クソ寒いよな！　よくやった。三人とも偉いぞ！」

そう。これは越冬隊に伝わる儀式なのだ。誰もが一度はこれを経験し、本当の仲間入りを果たす。

その後、隊員全員が食堂に場所を移し、新たな三名の入隊を祝した。

皆を代表してアーサーが祝辞を述べる。

「私が所属する数多《あまた》の名誉あるクラブの中でも、３００《スリーハンドレッド》クラブほど誇り高きクラブは他にないだろう。蒸気が立ちこめる華氏《かし》二百度（約九十度）のサウナから、華氏マイナス百度（マイナス約七十度）の南極の夜に飛び出していくなんて、栄光の証《あかし》であると同時に、狂気の証だ」

「――――」

コートに身をくるんだまま、ホットココアのカップを手のひらで包んでいた三人は、顔を見合わせて笑った。

「マギー、ヘザー、アキ…君たちにとっては我々、陽気なはぐれ者達と過ごす最初の冬になる。君達は我々の亡き兄弟二人の後任だ」

その事情はマギーたちも心得ていた。本来ならこの冬、ポラリスⅥで研究に携《たずさ》わるはずだった二名の隊員が、母国において不慮《ふりよ》の事故で命を落とした。そのため新規の募集が行われたのだと。

アーサーはやや口調を改めた。

「ラーズとダミアン。安らかに眠りたまえ。彼らはこの氷の地に戻ることはできなかったが、君達に重大な任務を残していった」

「――――」

芝居がかった口調のアーサーを、アニカが眼差しを尖らせて見据える。しかし彼がそれに気づいた様子はなかった。

「ともかく…もうこの話はよそう。ようするにだ…『イカれた越冬隊へようこそ！』」

「ようこそ！」

ベテラン隊員たちがアーサーに唱和《しょうわ》し、手にしていたフルートグラスを高く掲げた。

ココアを一口飲んでから、マギーはアキにこっそりささやく。

「あの人、自分の声の響きに酔ってるよね？」

「そうだな。ダボス会議で彼がわめき散らしたのを見た？」

「えぇ、見たと思うわ」

「あれはひどかった。でも彼は天才だ。彼がポラリスVでやった研究——彼とアニカの八年前の発見は、世界を一変させた」

「あなた、まるでアーサーのグルーピーみたい」

アキは笑った。彼女の指摘はあながちまちがっていない。

「僕がこの職を手に入れるために、博士号持ちのライバルを何人殺したかわかってる？」

マギーがそれに冗談を返そうとした時、突然マイルズの大声が響いた。

「この野郎！」

ふり向けば、彼はニルスとつかみ合っている。ニルスがマイルズをテーブルに押しつけると、皿やグラスが床に落ちて割れた。

他の隊員達が駆け寄って二人を引き離そうとする。しかし激昂《げっこう》した二人はなかなか落ち着かなかった。止めようとして肘鉄《ひじてつ》を食らったラモンが弾き飛ばされる。

「殺してやる！　この酔っ払いのろくでなしが！」

「やれるもんならやってみろ、腰抜けが！」

罵《のの》り合う二人の間に、元軍人にして越冬隊長であるエリックが力尽くで割って入る。

数分後、マギーは怪我をしたニルスに付き添って、診療室に向かうことになった。

怪我といっても小さな切り傷だ。大したものではないが、眉《まゆ》のあたりを少しだけ縫《ぬ》う必要がある。

大人しくなったニルスは、いつものオーバーオール姿で悄然《しょうぜん》とストレッチャーに座っていた。手当てをしながら、マギーがケンカの理由を訊ねると、彼は顔をしかめる。

「あの野郎、古株だからって我が物顔しやがって」

「癪《しゃく》に障《さわ》る?」

「あぁ、そうだよ」

「どんなふうに?」

「シャワーの時間を計りやがるんだ」

「時間を計る?」

「俺がシャワーをしている間、外に立ってて言うんだ。『五分までだ。もう五分たったぞ』ってな。一人五分なんてわかってるよ! 全員が五分ぽっちだってな!」

南極では雪を溶かして生活用水にする。しかし一度に作ることのできる水の量が限られているため、常に節水が求められるのだ。

ニルスはまくしたてた。

「あいつに言われなくたって、温水が貴重だってことぐらいわかってるさ! なのに毎回毎回、『もう六分たった、七分たった』って…!」

「そんなに長くシャワーを？」

「してない！」

一度強く否定した後、彼は自らの言葉に首を傾《かし》げた。

「…いや、したかも…？　…難しいんだ。はっきり覚えていない。ここにいると、きちんと物事が把握《はあく》できないいんだ。そうだろ…？」

ぶつぶつとつぶやく声が、だんだん小さくなっていく。心ここにあらずといった様子だ。

「ニルス？」

声をかけると、彼はハッとしたように瞬きをした。

「あ、すまない…」

とまどう目でこちらを見る。しばし後、彼はためらいがちに口を開いた。

「…マギー、俺…あんたを見てたら、ちょっとある人を思い出したよ…」

「ある人？」

「あぁ。彼女《かのじょ》は氷の世界にはもったいない人だった…」

「……」

マギーは手を止め、そんなニルスをじっと見つめた。彼は居心地が悪そうに目を逸《そ》らす。

処置を終えたマギーが一人で廊下に出ると、そこではエリックとアーサーが待っていた。

真っ先にアーサーが訊ねてくる。

「どうだ？」

マギーはエリックの前に立った。越冬隊の隊長はあくまで彼であるためだ。いくらアーサーが代表者のように振る舞ったとしても、その事実は変わらない。

「チロシンの服用量を増やそうと思います」

「そんな重症なのか？」

「はい。ややT3っぽい症状です。時間の正常な感覚がなくなりかけています」

と、またしても横からアーサーが口をはさんできた。

「ニルスは何か言っていたか？」

「何かとは？」

「彼の頭の中のあれやこれやのことだ」

不思議な問いの意図はよくわからなかった。マギーは彼との会話を思い出す。

「あの二人はシャワー時間のことで揉《も》めていたようです」

「それだけか？」

アーサーに重ねて問われ、ちらりとエリックを見た。誰に対して答えればいいのか迷ったのだ。

エリックが助け船を出してくる。

「今日はこのへんでいいんじゃないか？」

アーサーはまだ何か言いたげであったものの、「そうだな」と引き下がった。診療室内にいるニルスを一瞥《いちべつ》し、その場を立ち去っていく。

マギーは気まずい思いでつぶやいた。

「…すみません。ちょっと誰に向かって報告するべきか、はっきりわからなくて…」

エリックは肩をすくめる。

「越冬隊長は私だ。…だがアーサーはスーパースターだからね」

「でも…」

「あまり気にするな。彼の扱いはいろいろ複雑なんだ。何しろ地球を救う人物だからな」

つまりこの状態がずっと続くということだ。マギーはため息をついた。

※

翌日、ポラリスⅥ内の光景はまったくいつもの通りだった。

ラモンはブルートゥース・スピーカーで好きな音楽を流して食事を用意し、ヘザーもまたイヤホンでカントリーソングを聴きながら車両のメンテナンスを行い、アニカは彼女の研究に興味津々《しんしん》なアーサーに気まずい思いをしながらも、黙々と作業を続ける。

しかしひとつだけ――たったひとつ、普段とちがう出来事があった。

通信室である。パソコン、電話、ファックス、無線の機材が林立するテーブルの前で、マイルズはいつものように、知り合いのいるアルゼンチン基地に無線を送った。

「おはよう、アルゼンチン基地！　おーい、メンデス！　昨日の試合を見たか？　どこかのチームがまた大敗していたな！　おまえ最悪の気分だろ…」

軽口をたたき、笑って返事を待つも、相手からの応答がない。

「おい、メンデス？　…メンデス、ほら起きてくれ――」

ふたたび無線の返事を待つ。…が、やはり何も聞こえなかった。

「メンデス、起きろよ！」

三度目の呼びかけにも反応がなかったことから、マイルズはようやく異変に気づく。

急いでパソコンを操作したところ、画面にメッセージが表示された。

『エラー　接続なし　衛星にリンクできません』

いくつかコマンドを打ち込んでみたものの変化はない。どうやら衛星通信アンテナのある電気通信ステーションに行かなければならないようだ。

舌打ちをして部屋を出たマイルズは、正面玄関に向かった。

コートルームで上着やゴーグルなど、屋外作業のための装備を手早く身につけると、金属の密閉扉の取っ手に手をかける。その時、彼はふと視線を感じて背後をふり向いた。

廊下《ろうか》の先には、同じく作業中のニルスがいる。彼は手を止め、忌々《いまいま》しげにマイルズのほうをにらんでいた。そのくちびるは、昨夜のケンカのせいでまだ腫《は》れている。

「――――」

マイルズは彼を無視して取っ手を下ろし、分厚いドアを押し開いた。とたん、強い風が雪と共に吹き込んでくる。ふたたび舌打ちをすると、南極の冬の、とても昼間とは思えない暗い世界へと踏み出していった。

その日の夕食の時間、マギーはやや遅く食堂に向かったものの、一番最後というわけではなかった。アキとエリック、そしてマイルズの姿が見えない。

マギーはトレイを手に持ち、ビュッフェカウンターに並んだ料理の前に立つ。バターチキン、サモサ、ラムのビリヤニ…。今夜はインド料理がテーマのようだ。香辛料《こうしんりょう》の匂《にお》いに空腹が刺激される。

サービングスプーンでバターチキンをすくっていると、トレイを持ったアキが隣にすべり込んできた。彼はひそひそ声でささやいてくる。

「終わったよ」

「何のこと?」

「君の気にしていたアザラシさ。キリスト教に則《のっと》ってちゃんと埋葬してきた。弔辞《ちょうじ》も僕が述べた」

「何ですって!?」

「なかなか感動的なスピーチだったよ。自分で言うのもなんだけどね」

「……………」

驚いた。たしかに今朝またアザラシの死骸《しがい》を見つけたため、アキに話したけれども。わざわざそれを探して、硬い氷に穴を開け、埋めてきただなんて！

うれしい気持ちを押し殺し、マギーは首を振ってささやき返した。

「どうかしてるわ。条約違反よ」

見つかったらどうなることか。

しかしアキは肩をすくめる。

「南極条約には野生動物に手出しするなと書いてある。野生の死骸なら問題ないだろ？」

「そういう問題じゃないわ」

周りの耳を気にしてこっそり返すマギーの前で、ガチャン！と大きな音がした。

厨房《ちゆうぼう》から出てきたラモンが、焼きたてのナンのトレイをカウンターに置いたのだ。マギーはどきりとした。今の話を聞かれただろうか…？

ニット帽をかぶったラモンは、二人を見つめてニヤリと笑う。黒目がちの大きな瞳がいたずらめいて輝いた。

「『法律が正しくなければ、人はそれに従わない権利を持っているだけでなく、従わない義務がある』」

「待って。それって…」

「かのトマス・ジェファーソンさ。…何だよ？　俺はコックだぜ。無教養なペリシテ人じゃない」

やはり聞かれていた。しかしアキの行為を支持してくれるようだ。

マギーはホッとして笑った。

「ルネサンス時代の教養人みたい」

その時、エリックがトレイを持ってカウンターに並んだ。

「誰がルネサンス時代の人間だって？」

規律正しい隊長の登場に、今度こそあわててしまう。

「い、いえ、誰でも…」

その隣でアキがすました顔で答えた。

「ミケランジェロだ」

マギーもすかさず合わせた。

「そうなんです。ミケランジェロ…」

「ニンジャ・タートルズのなかでもダントツだね」

混ぜかえすアキを、マギーは肘で突《つっ》いた。誰のせいだと思っているの？　そんな目線に彼はくすくす笑って返す。

エリックは気にせずビリヤニを皿にのせていった。それからふと食堂を見まわす。

「…マイルズはまだ晩飯に来ていないのか？」

マギーは首を傾《かし》げた。

「さぁ。今日は姿を見ていないけど…」

食堂にはマイルズ以外の全員がそろっている。エリックは声を張り上げた。

「みんな！　誰かマイルズを見かけたか？」

食事をしていた他の隊員たちは互いに顔を見合わせ、首を振る。誰も見ていないようだ。

その時、アキがためらいがちに口を開いた。

「僕は…さっき見たよ。外でね。巡回していた」

「どのくらい前だ？」

「さぁ。二時間か、三時間前かな？」

「…………」

エリックが眉根《まゆね》に皺《しわ》を寄せた。外に一人で二、三時間もいるのは長すぎる。そもそもこの基地では食事の時間が決まっているのだから、戻っていなければおかしい。きっと何かあったのだ。

「捜しに行こう」

エリックの指示に全員が食事を中断して席を立った。

その後、みんなで車両格納庫に集まり、厳重な装備で身を固めていくエリック、ニルス、ヘザーを心配のにじむ目で見守る。三人はこれから捜索隊として、極寒の荒野にマイルズを探しに行くのだ。

防寒帽にネックゲイター、そして全身何枚も重ね着した上に防水防寒のアウターをはおり、手袋とブーツには用心のためカイロを貼る。すっかり着ぶくれた姿はまるで宇宙飛行士のようだ。

車両格納庫の巨大な鉄の扉が、うなるような機械音と共に開かれていった。その先には想像を絶するほど暗くて寒い永久凍土の夜が、まるですべてを呑《の》み込むかのように広がっている。

単なる捜索もここでは命がけである。緊張に満ちた静けさの中、見守る仲間達の前で懐中電灯を点けたエリックとニルス、ヘザーは外へ足を踏み出していった。

周囲を包む闇は深く、懐中電灯の明かりはあまりにも頼りない。聞こえるのは獣の咆吼《ほうこう》のような風の音と、踏みしめる靴《くつ》の下でバリバリと潰れる雪の音だけ。

あたりをくまなく捜索するため、三人は別行動を取ることになっていた。三方向に散りながら、それぞれ大きな声で叫ぶ。

「マイルズ！　いるか？」

「マイルズ！」

「聞こえるか!?　マイルズ！」

ゆっくりと離れていくにつれ、ヘザーの耳に届くほかの二人の声も徐々に遠ざかっていった。本棟の角を曲がってしまえば、もう誰の姿も見えなくなる。今や完全に独りだ。

ヘザーはひとまず電気通信ステーションに向かった。通信員のマイルズにとっては縁の深い場所だ。

懐中電灯の明かりは底知れぬ闇に吸い込まれるかのようで、数十センチ先までしか照らしてくれなかった。あたりどころか、足下を見るだけで精一杯だ。そんななか苦労して歩を進めていく。

と、突然、懐中電灯の明かりの先に、何か赤いものがパッと浮かんだ。

「………っ」

目に飛び込んできた思いがけない色に、息を呑みながら目を凝《こ》らす。染みである。真っ白な雪の上に深紅の染みが散っている。一歩ずつ近づいていきながら、ヘザーはごくりと唾《つば》を飲み込んだ。

(これは……)

血だ。凍っている。明かりに照らされ、血の結晶がキラキラと輝いている。

喘《あえ》ぐように携帯型無線機に向けて声を張り上げた。

「二人とも…見てほしいものがあるの。どうぞ」

『マイルズを見つけたのか？　どうぞ』

「ちょっとちがうわ」

『すぐ行く』

ニルスとエリックは、言葉通りすぐにやってきた。

「ヘザー、どうした？」

背後から声をかけてくる二人へ、ヘザーは雪の上の血痕を指さす。ひとつではない。暗闇の中に向け、血の跡は点々と続いている。懐中電灯を高く上げるも、ここから光の届く範囲などわずかだった。

「クソ！」

しゃがみ込んで血痕を観察したエリックは二人に言った。

「君達は中に戻れ」

そして一人で血痕をたどって歩き始める。

「冗談でしょ」

ヘザーはその後を追った。踵《きびす》を返しかけたニルスも、しばし迷ってから渋々ついてくる。

三人はゆっくりと血痕をたどっていった。誰も言葉を発しない。ただ黙々と、バリバリ音をたてる雪を踏みしめていく。

そしてついに、三つの懐中電灯の明かりが、血痕の果てにあるものを照らし出した。

他でもないマイルズである。こちらに背を向け、彼は雪の上にひざまずいている。

「………」

三人は足を止めた。困惑した目を見交わした後、エリックがためらいがちに進み出る。

「マイルズ？」

ひざまずく彼の肩に手を置く――そのわずかな衝撃で、身体《からだ》はゆっくりと前へ傾いでいった。と同時に、頭がぽろりと外れる。

「――」

三人ははじめ、自分が何を見ているのか理解できなかった。その間にも頭はころころ転がり、うつ伏せに倒れ伏した身体から二歩ほど離れたところで止まる。

「…………」

しばらく、言葉を発する者は誰もいなかった。


分厚い金属製のドアが大きな音を立てて開く。

出かけていた捜索隊が基地の本棟に飛び込んできたのだ。彼らは手袋、ゴーグル、スキーマスクを次々とはぎ取り、床に落としていきながら、通信室に向けてまっすぐ廊下《ろうか》を進んでいった。

螺旋《らせん》階段のあるハブスペースにいたアキは、三人が無事に帰ってきたことにホッとする。しかしすぐに尋常《じんじょう》でない雰囲気《ふんいき》に気がついた。

「エリック、マイルズはどこです？」

訊ねるも、三人は足を止めようとしない。それどころか、近づいたアキを押しのけるようにして行ってしまう。

他の隊員達も次々と廊下に出てきた。

「何があったの？」

口々に問いかけるも、捜索隊は青ざめた顔をこわばらせたまま何も答えない。

その不吉な様子に、ただならぬ事態を察したエバが早くも泣き出した。アーサーもまた、陰鬱《いんうつ》な顔で彼らを見つめる。ラモンはニルスの肩をつかんだ。

「おい、マイルズを見つけたのか？　無事なのか？　いったい何が起きたんだよ⁉」

そんなラモンに、ニルスは怯《おび》えた顔を向ける。アニカが頭を抱えた。

「ねぇ、何なの⁉　お願いだから教えて……！」

言葉を失う面々の前で、通信室に入ったエリックが、複数並んでいる電話機の受話器を勢いよく取った。

「もしもし⁉　もしもし⁉」

声を発した後、苛立《いらだ》たしげにそれを投げ捨て、また別の受話器を取る。

「もしもし⁉　もしもし⁉　――クソ！」

彼は再び受話器を投げ捨て、厳しい口調で命じた。

「ヘザー、通信を確認しろ！」

そう言いながらエリックは、そこにあるすべてのパソコンを立ち上げていく。

その横で、無線用のヘッドホンをつけたヘザーがスイッチを入れた。直後、青ざめてヘッドホンを取り、アーミーナイフを取り出して、ふるえる手で無線機のカバーを開ける。

「そんな……！」

内部は無残な状態だった。トランジスタ、電気回路はたたきつぶされ、ケーブルは引きちぎられている。故意に破壊されたのは明らかだ。

アニカがヒステリックに叫ぶ。

「いったい何が起きているの⁉」

エリックが立ち上げたパソコンはすべて、画面に同じメッセージを表示していた。

『エラー　接続なし　衛星にリンクできません』

「衛星とつながらない…」

つぶやきながら必死に冷静を保とうとするエリックに向け、マギーが不安をこめて言う。

「でもこれって修理できるんでしょ？　誰か修理の仕方を知ってるわよね？」

入口に立つアーサーがそっけなく応じた。

「それはマイルズの仕事だ」

「そのマイルズはどこだよ!?」

声を荒げるラモンの前で、エリックとヘザーは顔を見合わせる。やがてエリックが、沈痛なおももちで口を開いた。

「マイルズは死んだ。…我々が見つけた時には、すでに死んでいた」

「――――」

集まった面々は言葉を失う。三人の様子から薄々察していたとはいえ、重い事実に血の気が引いていく。そしてその不安は、遺体発見時の状態を耳にするに至り、頂点に達したのだった。

※

「────…!!」

満身創痍《まんしんそうい》のマギーが、突然両腕で頭を抱えた。

何かおそろしい記憶が甦《よみがえ》ったようだ。過呼吸も起こしている。

ヨハンは焦れる思いで彼女に迫った。

「わかった！　落ち着くんだ！　何が起きた？　何が起きたんだ！　思い出してくれ！」

けたたましい音を立ててドアが開き、ミッケが駆け込んでくる。

「出てください、ヨハン」

「これじゃ何もわからない…何ひとつわからない！」

訴えるヨハンをよそに、ミッケはマギーに寄り添った。

「大丈夫。肩の力を抜いて──」

「ミッケ！」

「出ていけと言っただろう！」

怒鳴られたヨハンは、「クソ！　クソ！」と毒づきながらベッドから離れる。

ミッケはマギーの点滴に、新しい薬を注入した。

「さぁ、リラックスして。ゆっくり、リラックス。マギー。安心して。私がついてる」

診療室を追い出されたヨハンは宿舎に向かい、アニカが使っていた個室に入ってドアに鍵《かぎ》をかけた。

一人きりになったそこで大きく深呼吸する。ここに来てからずっと、不安と怒りで逆上しそうになるのを何とか堪えているのだ。

せまい部屋の中、ベッドに身を横たえて目を閉じた。冬が来る前、彼女とここで愛し合った。ふとした瞬間、彼女は言っていた。

『私を見つけて』

今思えば、何て暗示的なセリフだったのだろう？

ヨハンは記憶の中の彼女に向けて強くうなずいた。見つける。必ず見つけてやるとも。だから無事でいてくれ——

「…………」

目を開けると、ふとあるものに気がついた。クローゼットの下から何かがはみ出しているのだ。よく見ると、それはしわくちゃになった紙の切れ端だった。

身を起こしたヨハンは紙を拾い、まっすぐにのばしてみる。

何枚かに裂かれた紙片だ。中に書かれたメモの筆跡はアニカのもの。

「親愛なるヨハン」から始まるメッセージだった。

親愛なるヨハン、ごめんなさい。実は…あるの…

…許されることでは…

…血にまみれた手で…
…私がやったことは…
…地獄に落ちても…

破れた紙片には意味不明の単語が並ぶ。
メッセージを読むにつれ、ヨハンの顔は不安に覆《おお》われていった。

2

デンマークにある自宅は窓が多く、明るくて開放的な作りだ。

その日、買い物を終えたヨハンが帰宅すると、玄関に「私を見つけて」のメモが貼られていた。きっとアニカのイタズラだろう。

リビング、キッチン、バスルーム、寝室…ひと通り見てまわるも、どこにもいない。首を傾《かし》げて階下に戻ると、リビングのソファに求める姿があった。

彼女はワインを片手に、いたずらっぽい眼差《まなざ》しでヨハンを見上げる。

「見つけられると思ったわ。こっちに来て」

近づいていくと、彼女はヨハンをソファに座らせ、膝の上にまたがってきた。

「昨日、子供は欲しくないって言ったけど…今はまだ欲しくないって意味だったの」

ヨハンの両頬《りょうほお》を手で包み、彼女は顔を近づけてくる。

「わかった?」

「わかった。…今はまだ、ね」

彼女には立派なキャリアがある。子供を産むにはタイミングを計る必要があるのだろう。

理解を示すヨハンに、彼女はくちびるを重ねてきた。それはほどなく互いに求め合う深いキスに変化していく。穏やかな休日の午後。そのまま情熱的な夫婦の時間を過ごすはずだった——途中で無粋《ぶすい》な電話が鳴りさえしなければ。

リンリンとうるさい電話を、はじめのうちは無視していた。しかし電話はしつこく鳴り続ける。やがてアニカが腰を上げた。

「ダメよ、出なくちゃ」

「ウソだろ」

「すぐ戻るから待ってて」

苦笑交じりに言い、彼女は電話のあるキッチンに向かう。電話を取って二、三のやり取りをした後——ふいに、何かの割れる音が響いた。

あわててヨハンが駆けつけると、キッチンの床にはガラスが散乱している。見ればアニカは、青ざめた顔でカウンターに手をついていた。支えがないと立っていられないというかのように。

「…わかりました。お電話ありがとう」

硬い声でそう言い、電話を切る。

「どうかしたのか?」

ヨハンが訊ねると、彼女は長い間を置いた後、動揺《どうよう》をにじませる声で応じた。

「…ダミアン・ファウルズが亡くなった」

ダミアンは、ポラリスⅥの前身であるポラリスⅤにおいて、アニカの同僚だった生物学者である。

「電話の相手は？」

「…妹さんよ。…ダミアンは転落したらしいわ。…ロンドンのアパートの屋上から落ちたらしいの」

「落ちた？」

「ええ…」

「事故？　それとも飛び降りたのか？」

続けざまの質問に、彼女は大声を出した。

「知らないってば！　ヨハン、わたしは知らないの…！」

「わかったよ」

ヨハンは質問を引っ込める。彼女はショックを受けているのだ。気持ちを落ち着かせる必要があるだろう。

床に散るグラスは粉々に砕《くだ》けていた。片付けを始めるアニカを手伝いながら、ヨハンは突然の訃報《ふほう》を聞いた妻の動揺の大きさを改めて感じた。

※

ポラリスⅥにあるアニカの部屋で、破れた紙片のメッセージを見つめるヨハンの脳裏《のうり》に、ふと数ヶ月前の出来事がよぎる。

このメッセージと関係があるかどうかは不明だが、なんとはなし思い出したのだ。

ヨハンは紙片の文字をじっと見つめた。主旨《しゅし》はよくわからないが、罪悪感と苦悩は伝わってくる。

このメッセージを書いた時、アニカは何を考えていたのだろう？

物思いにふけっていると、部屋の入口がノックされた。ドアを開いたのはガスである。

「アストリッドが今、こっちに向かっています」

「わかった」

ヨハンはすぐさま正面玄関に向かった。コートを着る時間ももどかしい思いで飛び出し、階段を降りるや、着地したばかりでプロペラがまわっているヘリへと走っていく。

操縦席からアストリッドが降りてくると、すかさず詰め寄った。

「それで？」

「アルゼンチン基地までの道のりを二度飛行しましたが、スノーキャットの痕跡はありませんでした」

「だったらなんで引き返した？　尾根はどうだったんだ？」

「ヨハン、私にできる限りのことは…」

あくまで冷静な彼女の返答にカッとなる。

「それなら今この瞬間も飛んでるべきだろう。俺としゃべってる暇があったら――」

「ヨハン！」

アストリッドは大声を出し、背後の空を指さした。

「あの嵐を見てください」

彼女が指し示した先――遠い地平線上には、暗く不穏な雲が立ちこめていた。巨大な嵐雲である。

「あの中を飛ぶなんて無理です。あなたのために死ぬ気はありません。悪いけどお断り」

「――」

彼女の言葉はもっともだ。ヨハンは恥じ入って返事もできない。

その傍《かたわ》らを通り過ぎ、アストリッドはポラリスⅥに向かって歩いていった。

「冷静になってください、ヨハン。この基地にはあなたに命を預けた人間が十人以上いるんですよ」

じっとしていられる気分ではないヨハンは、その足で車両格納庫に向かう。

中ではミッケが遺体の指紋を使って各自の携帯のロックを解除しようと試みていた。だが、うまくいかないようだ。

「ラモンの携帯はダメですね」

「他のも試してくれ」

ヨハンの指示に、彼は手袋をした手で、次にアキの携帯をつかんだ。ケースには鉄腕アトムのシールが貼られている。ミッケがアキの手を持ち、親指を携帯の画面に押しつけた。

ヨハンが見守る中、ロックが解除されてホーム画面が現れる。壁紙は卒業式と思われる写真だ。ほほ笑むアキが、嬉しそうな母親と、いかにも厳格でまじめそうな父親にはさまれて立っている。

「やったぞ!」

ミッケがヨハンに携帯を渡した。横からガスがのぞき込んでくる。

「何を探してるんですか?」

「それは見た時にわかる」

ヨハンはまず「ギャラリー」のアイコンをタップし、無作為に動画ファイルを開いた。と、ゲームセンターにいるアキの姿が画面に現れる。楽しそうに、手足をふりまわしてリズムゲームのダンスに挑戦している。

「よし、アキのデータは見られるようになったな」

その後も同じようにして携帯のロックが解除されていった。

エリックの壁紙は、軍服の仲間に囲まれて笑う軍人時代の彼だ。

ヘザーの壁紙は、岩壁の頂上で誇らしげに両腕を上げた登山ウェア姿。

マイルズは、南極の雪の上に置いたローンチェアに座り、アロハシャツで葉巻をくわえて笑っている写真。

　ニルスは、笑顔がまぶしいティーンエイジャーの女の子の写真だった。彼の娘だろう。

「順調だな。残すはラモンのスマホだけだ」

　ところがラモンの携帯だけは、やはり彼の親指を押し当てても反応しなかった。ガスが眉根《まゆね》を寄せる。

「リーダーを使えないようにしているみたいですね。ちょっと見てもいいですか？」

　ヨハンは携帯をガスに渡す。

「解除できるか？」

「試すことはできますけど…」

「やってみてくれ」

　しばしその場で携帯をいじった後、ガスは通信室へと移動した。パソコンを使わなければならない状況のようだ。入口で作業を見守るヨハンに、彼は難しい顔で説明する。

「写真やｅメール、連絡先…この携帯の中のものはすべて暗号化されています。それもミリタリーグレードの暗号化ですよ」

「暗号化？　君は解読できるのか？　解読でいいのかわからんが…」

「携帯のパスコードがないと無理ですね。まったく、２５６ビットの暗号化が必要なんて、一体どんなコックなんだ？」

　よくわからないが、最高レベルの暗号のようだ。ヨハンはふと思いつき、ラモンの部屋に行ってみた。

明かりをつけてまず目に入るのは、部屋のコルクボードに貼られた多くの写真である。どれも笑顔のラモンと、家族や友人と思われる人々を写したものだ。

次に目を引くのは本棚《ほんだな》だった。他の隊員のように物置きに使うのではなく、本がぎっしり並んでいる。サルトル、オルテガ・イ・ガセット、ウナムーノ、ホッブス…タイトルはどれも有名な哲学書だ。コックにしては奇妙なセレクションである。

ヨハンは一冊を手に取った。ニーチェの『善悪の彼岸《ひがん》』。ページを開きながら眉間《みけん》に皺《しわ》が寄る。

「一体何者なんだ…？」


診療室から出てきたミッケは、待ちかまえるヨハンを目にして少し顔を曇らせた。

「彼女はどうだ？」

「小康状態ですね」

「そうか。様子を見てくる」

ドアノブに手をかけたヨハンを、ミッケが制した。

「ダメです。小康状態と言っただけで、快方とは言ってない」

「俺が信頼できないのか？」

「ヨハンなら信用します。すばらしい上司ですからね。でも今は誰と話しているのかわからない」

彼の心配はもっともだ。すでに二回もマギーにパニックを起こさせている。あんなふうに人を追い詰めるのは、普段のヨハンのやり方ではなかった。

しかし今はそうも言っていられない事情がある。

「ミッケ…そんなこと言うなよ」

懇願《こんがん》をこめて見つめていると、彼は大きくため息をついた。

「彼女がまた発作《ほっさ》を起こしたら、あなたを診療室から追い出します。そして警察が来るまで、全員に彼女との会話を禁じます」

「…いいだろう。今回は行儀《ぎょうぎ》良くするよ」

「彼女を追い詰めないほうがいい。自分の力でひとつずつ記憶を取り戻す必要があるんです。無理はさせないで下さい」

「わかった」

なおも不安そうなミッケに背中で返事をし、ヨハンは病室に入っていった。スライド式のドアを、なるべく優しく閉める。

医療用ベッドの上で寝ていたマギーが目を開けた。

「…どうも」

警戒を込めた眼差《まなざ》しに、穏やかに語りかける。

「やぁ。ミッケは君が良くなっていると言っていたよ」

「彼はいい人だわ。とてもよくしてくれる」

「あぁ、そうだね。まだ早すぎると懸念《けねん》していた」

「早すぎるって？」

ヨハンはスツールを引き寄せて腰を下ろした。

「何が起きたのか私に話してくれるには、ということだ。…君がマイルズを見つけた後のことを」

「マイルズ…」

「エリックとヘザーとニルスが彼を見つけたんだったね。雪の中で。覚えてるかい？」

「えぇ…」

マギーはヨハンに促されるまま、過去の記憶を取り戻そうと目をつぶる。

あの後――マイルズの身体《からだ》が担架で、頭部だけクーラーボックスに入れられて、基地に運び込まれてきた。検視にあたったのはマギーだった。それから…

※

診療室のストレッチャーに横たわるマイルズの身体は、首がないせいか短軀《たんく》に見えた。

すぐ傍の金属トレイの中に頭が置かれている。髪と髭《ひげ》についた雪が溶け、ぽたぽたとしたたっていた。

マギーはゴム手袋をはめた手で拡大鏡を持ち、頭部の裂傷《れっしょう》と首の切断面を入念に調べる。エリックとアーサーが作業をずっと見守っていた。

息詰まるような時間が続いた後、マギーはようやく手袋を外し、エリックとアーサーのもとに向かう。

「最初に言っておくけど、今から言うことは予備的な検視にすぎないわ。しかも私は一般医だから、これは専門じゃ――」

前置きをすると、二人は焦れたように促してくる。

「わかったから、始めてくれ」

「ごめんなさい。…死因は鈍器《どんき》による外傷でまちがいないでしょう。後頭部への一撃よ」

「凶器は？」

「鈍器ね。レンチかハンマーのようなものだと思って。鋭利なものじゃないわ。だったら裂傷がもっと深かったはず」

「それで頭が切り落とされたのは…」

「血だまりがなかったことから判断すると、死後よ」

「それは妙だな」

アーサーの言葉にエリックが答えた。

「基地内で殺されて外に運ばれたのかもしれないぞ」

マギーは首なしの遺体に近づき、切断面をのぞきこんだ。

「雪の上の血痕はごく微量よ。さらに首の傷口周辺の血液が結晶化していたことを考え合わせると、マイルズは屋外で殺されたとみていいと思う」

「ちくしょう…！」

もともと険しかったエリックの顔が、ますます険しくなっていく。仮にも見知った人間の遺体を前にしての、事務的な会話を嫌悪しているようだ。

一方アーサーは平気な顔だった。

「大丈夫か？　君は軍隊出身だし初めて死体を見たわけじゃないだろうに。間違っていたら訂正《ていせい》してほしいんだが、昔タリバンは捕虜《ほりょ》の生首でサッカーをしていなかったか？」

揶揄《やゆ》する物言いに、エリックはアーサーをにらみ据えた。

「口に気をつけろ、アーサー。あなたはこの部屋では部外者なんだ。そうだろ？　いつでもあのドアの向こう側に戻ってもらうぞ」

アーサーは薄笑いを浮かべて肩をすくめる。

「はいはい」

エリックはふたたびマギーに向き直った。

「それで、犯人はどんな人物だ？　大柄で屈強な人間か？」

「そうとは限らない。アーサーにだってできたわ。私の力でも充分だったはずよ」

「それはつまり…」

マギーはうなずいた。

「誰にでも可能だったということ」

望んでいた答えではなかったのだろう。エリックは重いため息をついた。

「いいだろう。みんなを集めてくる」

そう言い置いて彼は診療室を出ていく。その姿が見えなくなってから、アーサーが口を開いた。

「リーダーシップが天性のものだと聞いたことはあるか?」

「ええ」

「なんというか…エリックはちがう」

「でもさっき彼は軍隊出身だと言ってたわよね」

でしゃばりを正当化しようというのか。足を引っ張る発言に、マギーは眉《まゆ》をひそめる。

しかしそういうわけでもないようだ。

アーサーはマイルズの遺体を見つめ、ただ不安をにじませていた。

「軍隊に入っても、指図されないと行動できない人間もいるってことさ。エリックはカブールで小隊を率《ひき》いていた頃に、スナイパーの罠《わな》にかかって三人の仲間を失った。…だが仲間を失って戻ってきたのは、それが初めてじゃなかったんだ」

エリックの招集によって隊員たちは食堂に顔をそろえた。

アニカ、アキ、ニルス、エバ、ヘザー、そしてラモン。皆、硬い表情だ。

エバは一縷《いちる》の望みを託して電話がつながるか試している。だがネットワークに接続できず、スマホを投げ捨てた。そんなエバをアニカが落ち着かせる。

ニルスはタバコに火をつけようとして、うまくいかずにイライラしていた。アキがそれを一瞥《いちべつ》する。

「ニルス、ここは禁煙だ」

「うるせぇ」

ようやく火のついたタバコを吸い、ニルスは大きく息をついた。

ラモンは神経質にニット帽をいじっている。

ドアが開き、エリックとマギー、それにアーサーが姿を現した。全員、静まりかえって三人の答えを待ちかまえる。彼らは何か、この事態を収束させる明確な答えを期待している。

しかしエリックは暗いおももちで告げた。

「マギーの検視によると、マイルズは背後から襲われた。殺人犯は…男かもしれないし、女かもしれない」

ニルスが苛立《いらだ》つように貧乏揺すりをした。

「つまり…あんたが言いたいのは、何もわからねぇってことだよな。このアスリートが犯人かもしれないし、もしくは四つ星シェフが犯人で、こいつの包丁が凶器かもしれねぇ」

指をさされたヘザーとラモンが、ニルスをにらむ。ラモンはすかさず言い返した。

「あぁ、それか酒瓶《さかびん》を空《から》っぽにして、ようやくマイルズのおっさんをやっつける勇気を奮《ふる》い起こしたあんたかもな」

根拠のないなすりつけ合いに、アキがぴしゃりとテーブルをたたく。

「落ち着けって！」

しかしラモンはさらにニルスをせせら笑った。

「なんだ？　クソみたいなやつがクソみたいなことを言ってたらそいつは本物の――」

「あぁ、それにクソ以下のろくでもない人間だっているぜ、ラモン。そうだよな⁉」

「てめぇ、今なんて言った⁉」

ラモンが勢いよく立ち上がり、ニルスの身体を突き飛ばす。

「何て言ったか訊いてんだよ！」

「いい加減にしろ、ラモン！　やめるんだ！」

エリックが間に入った。ラモンの胸を押し返してから、ニルスにも向き直る。

「ニルス、その話は止めろ。頼む」

二人を引き離し、食堂が静けさを取り戻したところで、エリックはおもむろに切り出した。

「…ここは文明圏から八千キロ離れている。とても人間が生きられないはずの場所なんだ。厚さ一三センチの壁の向こうは無の世界。そこで我々が生きていられる理由――たったひとつの理由は、団結しているからだ。だから頭を使え」

その場にいる一人一人の顔をゆっくりを見まわす。

「私は目の前に殺人者がいるなんて信じたくない。それに矛盾《むじゅん》しているじゃないか。誰にだって犯行は可能だった。そうだろ？　なら、仲間が犯人とは限らないじゃないか。もしかすると侵入者が――」

「侵入者だと？」

アーサーが呆《あき》れたように指摘する。

「本気で言ってるのか？　ここは南極なんだぞ。そんなのはあり得ない。侵入者だって？　なぜ？　どこから？　どんな理由で？」

エリックが苛立たしげに応じた。

「わたしにもわからないさ！　ただ言いたいのは、外部からやってきた人間がマイルズを殺し、通信機器を壊したのかもしれないということだ」

隊員達は顔を見合わせる。確かに友人や同僚を疑うよりは、いくらか心強い。

「だとしたら、わたし達は何をすればいいの？」

エバの問いにエリックははっきりと応じた。

「軍隊がするのと同じことだ。周辺を捜索する。誰かが基地に来たのなら、車を使ったはずだ。車を使ったのなら、氷上に跡が残ったはずで、跡があるなら見つけられるはずだ。だから……」

アーサーが皮肉げに問う。

「投票でもするか？」

「投票はしない。隊長は私だ」

エリックは歩き出しながら指示をした。

「防寒服を着ろ。全員だ。今すぐに、さぁ急げ！」

腰を上げかけたマギーはふと、食堂の端と端にいたアニカとアーサーが視線を交わしたことに気づく。

（何…？）

しかし胸に生まれた疑念は、このとんでもない状況下で外に出るための準備をしているうちに、立ち消えてしまった。

各自が防寒の完全武装をした上で正面玄関を出ると、忌々《いまいま》しいことに外は吹雪《ふぶき》だった。うるさいほどの風と、横なぐりに渦巻《うずま》く雪に、早くも意気をくじかれそうになる。しかし一人だけ抜けることは、もちろんできなかった。

エリックの指示に従い、九人の隊員はそれぞれ懐中電灯を手に扇状《おうぎ》に散っていく。マギーとアキは、数十メートルだけ一緒に歩いた。

足を止めたアキが、風に逆らうようにして声を張り上げる。

「大丈夫そうかい!?」

「ええ！」

「何かあったら呼びだしてくれ！」

腰につけたトランシーバーをたたいて言うと、彼はそのまま一人で歩き出した。

マギーは反対方向に向かう。が、すぐに息が荒くなってきた。そもそも真っ暗な吹雪の中を歩くのは体力を使うのだ。それもただの吹雪ではない。南極の底力を見せつけるような猛吹雪だ。

背後をふり返ると、アキの姿が少しずつ雪の帳《とばり》に呑《の》み込まれていく。懐中電灯のわずかな明かりだけが、ちらちらと闇の中を漂って見える。

「――――……」

マギーは意を決すると、前に向けてふたたび歩き始めた。一歩一歩、雪を踏みしめる。びょうびょうと吹きつける風の音を除けば、聞こえるのは自分の息づかいと、バリバリという足音のみ。

マギーは懐中電灯で氷上を照らし、車両が通った跡を探した。しかし行けども行けども、見えるのはまっさらな雪ばかり。

ほどなくして吹雪の向こうに何かが見えてきた。本棟を衛星状に囲む附属棟のひとつだ。そこで、マギーは奇妙なものに気がついた。人影である。この荒れた天候の中、誰かが危険を冒して基地から離れ、氷上を歩いてどこかに向かおうとしているのだ。

目を凝《こ》らすも相手の顔はわからなかった。

マギーは懐中電灯を消して走り、附属棟の壁にぴったりと身を寄せる。そこから首をのばして人影をこっそり盗み見たところ、氷上に座り込むような姿勢で何かをしている。

（いったい何を…？）

さらに首をのばした時、ふいに人影が引き返してきた。マギーは慌てて首を引っ込める。

ザク、ザク…と氷雪を踏みしめる足音が近づいてきた。それが近くを通り過ぎる際、思いきって身を乗り出し、相手の顔を確かめる。

「――――…っ」

ニルスだ。思わず一歩退いた瞬間、踏みしめた雪が音を立ててしまった。

「――――!?」

ニルスが立ち止まり、即座に懐中電灯の明かりを周囲に向ける。

そのまましばらく、バリバリと雪を鳴らして歩きながら、彼はしつこいほど周りを照らしてまわる。

「…………」

目の前をちらちらと行き来する明かりを、マギーは息を殺して見つめた。

ややあってニルスは、再び本棟の方向へ歩き始める。助かった！　マギーは大きく安堵《あんど》の息をついた。彼が完全に離れたことを確認してから、自分の懐中電灯をつける。そして付属棟の影から出て、か細い懐中電灯の明かりを頼りに、彼の足跡を探す。それはすぐに見つかった。

懐中電灯を手に、マギーは発見した足跡をたどって氷上を歩いていく。

終点は、基地からかなり離れたところだった。雪と氷でできた小山の手前で足跡が終わっている。

(この小山は──)

ひざまずいて懐中電灯を脇に置くと、手で氷と雪を掘っていった。

「──」

やがてその手がぴたりと止まる。マギーは出てきたものの正体に喘《あえ》ぎながら、無線を手に取った。

「こちらマギー。救援を頼む！　お願い、みんな早く来て！　ここは…電気通信ステーションから東に約三〇メートル！」

せっぱつまった無線に、他の隊員達はすぐに応じた。見つけやすいよう懐中電灯を振っていると、待つほどもなく皆が集まってくる。

「大丈夫か!?」

「どうしたの？　何があったの？」

「──」

口々に問う彼らの前で、マギーは足下に視線を落とした。そこには、たった今見つけたものが半分氷に埋もれている。

血まみれの氷鋸だ。

エリックが膝をついてそれを拾い上げた。

「誰のものだ？」

「さっき、そこで…ニルスを見たわ…」

マギーは答えた。言いたくなくても、言わなければならない。

「私が向こうから歩いてくると、ニルスがここに現れて、それから…引き返したの。何をしていたのか、その時はわからなかった」

「ニルスはどこだ？」

エリックがあたりを見まわす。だが集まった隊員の中に、求める姿はない。

「ニルスはどこにいるんだ!?」

「…彼が基地に戻る姿を見たわ」

マギーが言うと、エリックは決然とした足取りで本棟に向かった。みんなも後を追う。

エリックは正面玄関前の階段を足早に昇ると、分厚い密閉扉のレバーに手をかけて引こうとした。…が、それはガン！　と音を立てて阻《はば》まれる。取っ手が動かない。

「…鍵《かぎ》がかかってる」

「何？　何があったの…!?」

不安顔になる隊員達の前で、エリックはドアにはめ込まれた丸い窓を覆《おお》う雪を、手袋をはめた手で払いのけた。中をのぞくと、入口のホールには誰もいなかった。

エリックは扉をたたく。

「ちくしょう…ニルス！　そこにいるのか？　ニルス、聞こえるか!?」

と、突然ニルスがドア窓の向こうに現れた。どうやら死角にいたようだ。すでにコートを脱ぎ、オーバーオール姿に戻っている。

「ニルス、ドアを開けろ！」

エリックの怒鳴り声に応じるように、ドア横のインターホンからニルスの声が響いた。

『すまない…』

アーサーが前に進み出る。

「おい、おまえ！　今すぐにこのドアを開けろ！」

『できない！』

「さっさとドアを開けろ！」

ニルスの答えに気色《けしき》ばむアーサーとラモンを、エリックは後ろへ押し戻した。

「下がってろ！　ここは私が対処する！」

『神に誓って、殺してなんかない。ただ…俺には時間が必要なんだ…！』

ニルスの訴えは悲痛だった。しかし南極の夜に閉め出され、命にかかわるエリックたちも必死だ。

「どうして時間が必要なんだ？　いま外はマイナス三〇度で、まだまだ下がる」

『わかってるって！　あんたがそうやってわめくから、考えられないんだろうが！』

わめきながら、ニルスはウォッカのボトルを思いきりあおる。ドアの窓からは見えなかったが、ずっとボトルをにぎりしめていたようだ。

(酔ってるのか…！)

エリックは絶望的な気分に陥《おちい》った。

「なぁ、おい、ニルス。頼むよ、ドアを開けてくれ。みんなでこの件を話し合おう。好きなだけ時間をやるから…」

しかしニルスは泣きながらウォッカをあおり、ドアにもたれかかったままズルズルと床にへたり込んでしまった。彼の姿が窓から見えなくなる。

「起きろ、ニルス！　おい、しっかりしろ！　寝るんじゃない！」

必死の呼びかけにもかかわらず、とうとう返事はなくなった。

「くそ！」

思わずドアをたたいたエリックに、アーサーが声をかける。

「よくやった、エリック。お見事だ」

もちろん皮肉だ。

エリックは皆をふり返り、次なる指示を下した。

「いいか。アニカ、アーサー、ラモン…君たち三人は食料貯蔵庫に通じる裏口を見にいってくれ。ニルスは酔っ払って、鍵をかけ忘れているかもしれないからな。エバ、わたし達は車両格納庫のドアを確かめるぞ。――さぁ行こう！」

即座に踵《きびす》を返す先輩隊員たちの背中に、ヘザーが声をかける。

「ちょっと待ってよ。私たちは？」

彼女の横でアキとマギーもうなずく。エリックは階段を下りながら、ふり向いて応じた。

「ここに残ってくれ。ニルスから話を聞き出せ。寝かせるな！」

明らかに間に合わせの指示だ。

アキとマギーは困惑した顔を見合わせる。しかしヘザーはちがった。皆を見送ってから、彼女もまた階段を下りていく。

「おい、どこに行く気だ？」

ドアの前で突っ立ったままのアキに、彼女は白けた目を向けた。

「二人ともケツが凍るまで残ってたいなら勝手にして。私はどんなことをしても中に入る」

「…………」

アキとマギーは目を見交わし、あわてて彼女の後を追った。

ヘザーは考えなしに動いたわけではなかった。ザクザクと雪を踏みしめて歩きながら、機械類を担当する技術者らしい考察をする。

「このへんにきっと業務用の排気口がある。非常用発電機の排気を逃がすためにね。排気口がない状態で発電機を動かすなんて、エンジンをかけたまま車を車庫に置きっぱなしにするようなもんよ。そんなところを通るなんて、バカみたいだけど…でも通れるはず」

「排気口の中を？」

「そう。ただ…必ず、鍵のかかったドアの内側に下りないとね」

ヘザーは目星をつけたあたりの雪をかきわけていく。しばらくして、ピラミッド型の排気口のカバーを発見した。

「ビンゴ！」

カバーを外すと、その下に排気口を覆う鉄格子《てつごうし》が現れる。三人で力を合わせて鉄格子を引き上げたものの——

「…ダメだわ。こんなせまいところ、通れない」

マギーが残念そうにつぶやいた。

氷の地面にぽっかりと口を開けた排気口は、地下に向けて垂直にのびている。確かに建物の内部に通じているようだが、穴は深く、せまかった。しかしヘザーはあきらめない。

「この防寒服を着ていたら無理ね」

さらりと言うと、彼女はジャケットのファスナーを下ろした。アキが目を瞠《みは》る。

「何をする気だ?」

「心配しないでお兄さん。一緒に来いとは言わないから」

ヘザーは手を止めず、防寒服を上から順に脱いでいく。

「私がこっそり忍び込めばいい。そして内側からドアを開ける。それで——じゃじゃーん！　…みんな中に入れるってわけ」

「………」

スポーツ全般を何でもこなし、基地ではジムをこよなく愛する彼女らしいアイディアだ。少なくともアキには、地下へ垂直にのびる穴に入るという発想そのものがない。

見守るうちにヘザーは、下着だけの姿になった。

「よし——」

身震いしながら穴の縁に腰かけ、足から先に入れていく。が、剝《む》き出しの肌が氷にふれ、舌打ちした。

「クソ冷たい!」

文句を言いながらも彼女は穴の中に入っていこうとする。

氷点下での下着姿に、全身びっしり鳥肌が立っていた。それでも身体《からだ》を排気口にねじ込むようにして、少しずつ、ゆっくりと下りていく。

「最悪! クソ冷たい!」

悪態をつきながらも、胸の位置まで穴の中に入っていった。歯を食いしばったヘザーは両手をバンザイの形に挙げ、なるべく身体の幅を縮めようとする。

しかし時間は容赦《ようしゃ》なく過ぎ、ヘザーの身体のふるえは次第に激しくなっていった。

マギーが首を振る。

「お願い、ヘザー。こんなのどうかしてる。やめて——」

その時だった。ヘザーの身体が突然、ガクンッと支えを失い、穴の中に消えてしまう。

「ヘザー!?」

「大丈夫か!?」

アキとマギーの悲鳴が重なる。しかし、すぐに地下から元気な声が返ってきた。

「無事よ！」

二人は顔を合わせ、ホッと息をついた。すぐさまヘザーの衣類、コート、手袋、ブーツを穴の中に落としていく。

「行けそうか？」

アキの質問に、彼女は力強く答えた。

「ばっちり。ここ、本棟に続く地下道だわ」

「よし――」

ヘザーが移動を開始するのと同時に、マギーとアキは走って正面玄関に戻る。

「彼女が来ることをニルスに悟られないようにしないと」

マギーはインターホンのスイッチを押した。

「ニルス？　ニルス！」

『やめろ…』

「ニルス！　聞こえてるのはわかってる！　黙るつもりはないわ。あなたが――」

『黙れ！　いいから静かにしろ。女は黙ってろ！　黙りやがれ！』

ニルスはアルコールに濁《にご》った声でうなった。ふらふらと立ち上がり、ドアの窓に見せた顔はどんよりとしていた。明らかに泥酔《でいすい》している。

「ボトルを置いて。お願い」

マギーの懇願《こんがん》に、彼は腹立たしげに返した。

『お…おまえが見つけたんだろ。無線でおまえの声を聞いたぜ』

「聞いて、ニルス。そんなふうに飲んだら酔いつぶれてしまう…」

『おまえが嗅《か》ぎまわったりするからだ！』

「そうしたら誰がドアを開けてくれるの、ねぇ？」

『失せろ！』

ふと、マギーはニルスの背後——ホールの奥で何かが動いたことに気づいた。ドア窓から見える視界をサッと横切った人影は、おそらくヘザーだろう。

（もしニルスがふり向いたら見つかってしまう…！）

しかし彼は、話は終わったとばかりこちらに背を向けようとしている。マギーはドアのガラス窓を力まかせにたたいた。

「ねぇ！　こっちよ！　私の話を聞いて！　聞きなさい！」

ニルスは苛立《いらだ》たしげに、マギーのほうに向き直る。

「こんなことしたら、さらに八人分の死体について、夏隊に弁明するはめになるわよ！」

『そうか。この気さくなニルスに罪をなすりつければいいさ。いつだって俺はそんな扱いを受けるんだ』

「つぶれるどころじゃない。急性アルコール中毒を起こして、目覚めなくなってしまうわよ！　そうなりたいの!?」

『目が覚めない？』

ニルスは酩酊《めいてい》状態でニヤリと笑った。

『上等じゃねぇか。名案を祝して乾杯！』

ボトルを掲げてそう叫ぶと、彼はボトルに口をつけて中味を一気にあおる。

ゴク、ゴク、ゴク、ゴク…と上下する喉《のど》に——突然、背後からのびた腕がからみついた。

ヘザーである。彼女は後ろから飛びかかり、首に腕をまわして絞《し》めにかかった。ニルスの手から酒瓶がすべり落ち、床で音を立てて割れる。

彼は勢いをつけて後退し、ヘザーを壁にたたきつけた。ヘザーは衝撃にうめいたものの、腕をゆるめない。それどころかいっそう力を込める。

ニルスは目を血走らせて抵抗するも、長くは持たなかった。ほどなく白目を剝き、脱力して床に倒れる——


次にニルスが目を覚ましたのはラウンジだった。

ラモンが、彼の顔に雪をなすりつけて目を覚まさせたのだ。

「おい、起きろ！　クソ野郎《イホ・デ・プタ》！　お目覚めの時間だぞ！」

気がつけば、椅子《いす》の肘掛けに両手をダクトテープでぐるぐるに巻かれ、動きを封じられている。その顔に、ラモンはさらに雪を押しつけた。

「ほら、ほら！　酔っ払いにも充分冷たいだろ？」

「おい、もういいだろう。落ち着け！」

エリックの制止にラモンは顔を歪めた。

「エリック、こいつは俺達を閉め出したんだぞ！　全員を凍死させようとしたんだ！」

「ちがう…。そんなつもりはなかった…」

「おまえはマイルズを殺したんだぞ、このクソ野郎！」

すっかり頭に血が昇ったラモンを、エリックは再び制した。

「そうと決まったわけじゃない。動機を考えてみた者はいないのか？　どうしてニルスがマイルズを殺すんだ？」

「だって二人はいがみ合ってたでしょ。四六時中ね」

ヘザーの言葉に、アキが疑問を呈する。

「でも相手が気にくわないからって、頭を切り落としたりはしない」

「どっちの味方だよ!?」

わめくラモンを、今度はアニカが冷静に諭《さと》した。

「どっちの味方もないわ。あるのは真実だけよ。真実は、私たちとニルスとは長い付き合いで、彼は飲むと確かにイヤなやつだけど、人を殺すような人じゃないってこと」

「そう言いきれるか？　アニカ。君はニルスがここに行き着いた理由をよく知ってるはずだ。この地球最寒の地で、死ぬまで酒を止められない理由をさ」

「やめろ…」

ニルスがか細くつぶやく。アニカは黙り込んだ。代わりにヘザーが訊く。

「何？　何があったのか教えてくれない？」

「余計なことを言うなよ、ラモン。止めろ！　あの子の話をすることは許さない！」

ニルスは椅子から立ち上がって飛びかかろうとするが、ダクトテープでしっかり拘束《こうそく》されている。ラモンは余裕の表情だった。

「十年前のことだ。やつの十代の娘がクスリの過剰摂取《かじょうせっしゅ》で命を落とした――」

「ちきしょう！　クソ野郎が！」

激しい怒りを募《つの》らせたニルスが、拘束を解こうと乱暴に身体を揺らす。肘掛け椅子がガタガタと大きな音をたてた。

「娘にヤバいクスリを売りつけるクズがいてさ。で、警察が見つけた時には、そいつもすでに死んでたんだ。めちゃくちゃに殴《なぐ》られてな」

「俺じゃない！」

「あぁ、警察が証拠をあげられなかったのは確かだ。でも誰もがわかっていた。あんたの女房も。だから家を出た」

「俺じゃないと言ってるだろ！　犯人が俺だったらどんなによかったか！　俺がこの手でそいつをぶちのめしてやりたかったさ。だけどやったのは俺じゃない！」

「世界の果てに逃げてきたところで充分じゃなかったんだろ？　娘を忘れることなんてできなかった。だから酒をあおって、すべてを破壊するしかなかった…」

「このクソ野郎!!」

突然、ニルスが椅子ごと立ち上がり、ラモンに突進する。度肝《どぎも》を抜かれたラモンはよろめきながら後退し、床に倒れた。ヘザー、エリック、アキが駆けつけてニルスを止める。

しかし彼はラモンに悪魔のような形相《ぎょうそう》を向けた。

「おまえの喉を引き裂いてやる！」

「な？　俺の言った通りだろ？」

あざ笑うラモンとニルスを何とか引き離すと、エリックは厳しく言い放った。

「伝聞証拠だけでは有罪にならない」

「僭越《せんえつ》ながら言わせてもらうぞ、エリック」

それまで黙っていたアーサーが、おもむろに口を開く。

「もちろん有罪が証明されるまでは全員が無実だが、マイルズの頭を切り落としたのはニルスの氷鋸だ。彼の商売道具《いい》だよ。アニカや私が研究室で使うことのない代物《しろもの》であることは確かだな」

エバもその意見に賛成のようだ。

「マギー、本当に彼を見たの？　彼が氷鋸を隠そうとしている現場を見たの？」

「ええ」

マギーはうなずいた。それは否定できない。

エリックがイライラした様子で両手を広げた。

「だから何だ？　ニルスの氷鋸だからって…どうすればいいんだ？　ニルスを裸にひん剝《む》くか？　外に放り出して凍死させるか？　それならこの中の誰がやる？　自分の手柄にしたいのは誰だ？」

「………」

答える者はいない。誰もその役を買って出ようとしない。

「やっぱりな、思った通りだ」

エリックが吐き捨てる。

その時、ニルスがささやくような、小さな声を発した。

「なぁ、頼む。聞いてくれ…。俺はあの時、防寒服に着替えようとして部屋に戻った。外に出て、マイルズを殺した犯人を探すのを手伝うつもりで。そしたら…その時に見つけたんだ…」

ニルスは顔を上げ、涙を流して訴えた。

「氷鋸が、クローゼットの奥の、ブーツの後ろに押し込んであったんだ！　氷鋸は…血まみれだった…」

みんながハッと息を呑《の》む。ニルスはすすり泣きながら続けた。

「それで…俺は…えらく不利な状況だってことは、すぐにぴんと来た！　おまえらが俺を信じるわけないからな！　だから埋めたんだよ…でも俺じゃない…俺はマイルズを殺しちゃいない。俺は…俺は嵌《は》められたんだ。本当だよ」

「嘘つきめ」

ラモンが毒づく。ニルスはそちらを見た。

「俺はまんまと嵌められたんだよ、ラモン。そして誰だか知らんが、俺を嵌めたやつは、今この部屋にいるはずだ」

「――――…っ」

最後の言葉は、ラウンジを凍りつかせた。ニルスの言葉は信じられない。しかしもしそれが本当なら、自分達は今も、殺人者の前に無防備なままでいるのだ。

ショックを受けてたじろぐ者もいれば、なす術《すべ》なくうつむく者もいた。パートナーと目線を交わし合う者も。

何にせよ結論は出ることなく、話し合いの結果、ニルスは洗濯室《せんたくしつ》に閉じ込めて隔離されることになった。

洗濯室に連れていかれるまで、ニルスはひどく抵抗した。洗濯機に両手を縛《しば》り付けられてからも、ずっと無実を訴え続ける。しかし耳を貸す者はいなかった。

とうとう皆が見守る中、エリックがドアを閉めて鍵《かぎ》をかける。ガチャリという金属質の音が、真っ白な廊下《ろうか》に無情に響いた。

その後マギーは、車両格納庫でスノーキャットの整備をするヘザーのもとへ行った。新入り同士、何となく一緒にいやすいというのもあるし、快活な彼女と話したい気分でもあったからだ。そこへふらりとエバもやってくる。

格納庫の中には二台のスノーキャットと、数台のスノーモービルが並んでいた。その周囲に積まれた工具箱の上で、互いに気持ちをこぼし合う。

そのうちマギーは気がついた。

「私とヘザーはよく話をするけど…、この冬の間中、私、あなたが話す言葉を二言、三言くらいしか聞いてないわ、エバ」

優しい雰囲気《ふんいき》の彼女は、どちらかといえば口数の少ないほうだ。これまで接点が少なかったこともあり、互いにあまり知らない。

エバはワインのボトルをラッパ飲みしながら答えた。

「デンマークでは、冬は自分を見つめ直す時間じゃない。飲んで過ごす時間よ」

ヘザーが身を乗り出した。

「じゃあ、何があなたにこの『殺人推理パーティ』への参加を決断させたの?」

エバは苦笑した。

「八年前、夫のルーカスが私たちの貯金をすべてギャンブルに使ってしまったの。窮地《きゅうち》を脱する一番手っ取り早い方法は、ポラリスに参加することだった。どこに行っても縫合《ほうごう》は縫合でしょ？　それにほら、ここなら給料が倍もらえるし」

「最低な男なのね」

「ええ。その年の冬は彼を心底憎んで過ごしたわ。お金のことは問題じゃなかった。六ヶ月間も子供たちに会えずに過ごすことがつらかったの。でも帰国したら…」

そこでエバはわずかに顔をほころばせる。優しい表情からは、彼女がまだルーカスを想っていることが伝わってきた。家族はやり直すことができたようだ。

「でもあなたはまたここに戻った」

マギーが言うと、彼女は大きくうなずく。

「残念なことに」

「まさかルーカスが原因…？」

「ちがう、ちがう！　あれ以来、彼はまじめに生活しているわ」

ではなぜ？　という言葉を、マギーは呑み込んだ。しかしヘザーも同じ疑問を抱いたようだ。

二人で見つめていると、エバはしばらくためらった末に誰へともなくつぶやく。

「なんでかしら。リリーとヴィクトルが大きくなったから…？」

彼女は目を逸《そ》らしてふたたびワインボトルをあおった。

ヘザーがマギーに目線を送ってくる。その目は「彼女、何か隠してると思う？」と訊ねていた。

就寝の時間が近くなり、マギーが自分の部屋に向けて歩いていると、ハブスペースの螺《ら》旋《せん》階段を昇ろうとしたところで、突然アキの声が響いた。

「マギー！」

「やだ！　びっくりした…っ」

ふい打ちに飛び跳ねた心臓を押さえてふり向く。

「ごめん、君を探してたんだ」

「もう犯人は捕まえたんだから…あとはじっと待つだけでしょ？」

と、アキはわずかに笑顔を曇らせた。

「…僕はニルスの言ったことを考えてたんだ。氷鋸のこと…」

「彼の話を信じるの？」

「さぁ…どうかな」

彼は手すりに寄りかかって虚空を眺める。

「だってさ…辻褄《つじつま》が合わないよ。ニルスは最初に通信機を破壊した。それは計画的だ。それからマイルズを殺した。それでわざわざ頭を切り落とすかな？」

「よほど彼を憎んでいたのかも」

妥当な答えに、アキは首を振った。

「いや。個人的な事情じゃないと思う。マイルズはこのチームの通信員だったんだ。無線を修理することができたのは彼だけだった」

「…つまり私たちを孤立させるのが狙いだった？　…でもそれなら、なぜ頭を切り落としたの？」

「メッセージだと思う」

「メッセージ？」

彼はうなずき、真剣な眼差《まなざ》しでマギーを見据えた。

「『恐がれ。震え上がれ』…ってね」

※

翌日、隊員達は表向きにはいつも通りに過ごしていた。自分の仕事や毎日の日課を、普段と同じようにこなそうとする。

ラモンは厨房《ちゆうぼう》でクラシック音楽をかけ、タバコを吸いながら包丁を研《と》いでいた。

ヘザーはジムでワークアウトに励《はげ》み、トレッドミルでランニングをする。

アーサーは自室で横になって読書——のように見えるが、広げた本は胸に置いて考え事にふけっていた。

エリックもワークアウトの後、浴室でシャワーを浴びる。いつもなら五分のタイマーが鳴る前にお湯を止めるのだが、今日は時間を忘れてしまい、タイマーが鳴った。

アニカは研究室で仕事をするも、なかなか集中できず、とうとう保護メガネを外してため息をつく。

誰もが基地内で起きた不可解な惨事《さんじ》から意識を遠ざけようとしながら、気がつくと考えてしまっている状態だった。

ニルスを閉じ込めたのは正しかったのか？　彼が犯人なのか？　もしそうでなければ、この先どうなる…？

答えの出ない思考の迷路に捕らわれる中、一人だけそこを抜け出そうと行動を起こす者がいた。

アキである。

彼はニルスの寝室に忍び込み、明かりをつけると、じっくりと中を見まわした。疑念と不安に苛《さいな》まれ、心臓は大きく波打っている。

「…………」

緊張を押し殺して何かを探すが、それが何であるのかは本人にもわかっていなかった。

部屋の中は散らかっている。ベッドは乱れたままで、隅には洗濯物が山積み。灰皿にはタバコの吸い殻《がら》があふれ、そこら中に空き瓶が散乱している。

壁には写真がたくさん貼られていた。

どれも髭《ひげ》をきれいに剃った笑顔のニルスが写っている。現在の、もじゃもじゃと髭がのび放題で愛想の乏《とぼ》しい彼とは雲泥《うんでい》の差だ。

そしてどの写真も、ニルスの隣には同じ少女がいた。成長の過程がわかる。

まだ痩《や》せている若い頃のニルスに抱かれた小さな赤ちゃん。すきっ歯の笑顔を見せる幼児。携帯電話を手放せない、つまらなそうな顔の十代の少女――この子が薬物の過剰摂取で亡くなったという彼の娘か。

事情を知った今となっては、写真に写る彼の幸せが痛ましく見える。

アキは感傷を振り払い、クローゼットに近づくとドアを開けた。かかっている冬用の厚手の衣類を、ひとつひとつ手でかきわけていき――ふいに、奥に置かれたブーツの後ろに血痕を見つける。

ニルスが氷鋸を見つけたと話していた、まさにその場所だ。

(あの話は本当だった…?)

クローゼットのドアを閉め、アキは意を決したようにその部屋を出た。目指すは洗濯室だ。まっすぐに歩いて向かった末、廊下《ろうか》の先に洗濯室が見えてくると、あることに気づいてふと足を止める。

おかしい。エリックはみんなの前で確かに鍵《かぎ》を閉めたというのに。

視線の先にある洗濯室のドアは少し開いている。

「――」

いやな予感がした。アキは足音を殺してドアに近づき、注意深くそれを押し開く。

ゆっくりとドアが開いたところで——ひゅっと喉《のど》が鳴った。

「………!?」

目の前の光景がすぐには理解できない。

涙ぐんだ、怯《おび》えきった目でニルスはこちらを見ていた。

首は大きく裂け、深紅の液体が勢いよく噴き出している。流れた血は床に広い血だまりを作り、その中で彼の両脚がビクビクと痙攣《けいれん》していた。

何よりも信じがたいのは、ひどい出血だが、彼にはまだ息があるということだ。

ぼろぼろと涙をこぼして見上げてくるニルスに、アキは躊躇《ちゅうちょ》なく駆け寄った。

「ニルス！　ニルス！　おい、しっかりしろ！」

血を流すニルスの傍にひざまずき、ぱっくりと口をあけた喉の裂け目に自分の手を押し当てる。しかし彼が激しく手足をばたつかせるため、しっかりと押さえるのに手間取った。

「ニルス、死ぬな！　死ぬんじゃない！　おい！」

強く手を押し当てても出血は止まらない。

アキは洗濯室の外に向けて声を張り上げた。

「助けてくれ！　誰か！　来てくれ!!」

手では傷口を押さえるのに足りないと気づき、急いでシャツを脱ぐ。

暴れるニルスを押さえ込むようにして丸めたシャツを傷口に押し当てるも、それはみるみる血を吸ってぬれそぼり、役に立たなくなった。

「誰かぁぁぁぁぁぁぁぁぁ!! 頼む! 誰か手を貸してくれ!!」

ありったけの声で叫ぶも、開けっ放しのドアの向こうからは誰も姿を見せない。近くに誰もいないようだ。

「助けてくれ! 誰か! ニルス! しっかりしろ、死ぬな!」

一人で止血に奮闘するアキと、ニルスの目が合う。彼の目は激しい恐怖に染まっていた。しかしその目から、次第に生気が失われていく。やがて腕の中で痙攣していた身体《からだ》も、少しずつおとなしくなっていく。

「ニルス! しっかりしろ! 死ぬな!」

呼びかけも虚しく、ニルスはついに脱力したきり動かなくなった。息絶えたのだ。

「ニルス…」

アキは血まみれの遺体を抱いたまま、ぼう然とする。その時、ようやく入口で人の気配がした。

アキと同じように最初は虚を衝《つ》かれた様子を見せ、それからみるみる青ざめる。怯えたように立ちつくす。

「マギー…。ニルスが…死んじまった…!」

そう言いながら、アキは血で染まった自分の両手を見た。

※

「じゃあ、君はアキと一緒にニルスの話を聞きに行ったわけじゃないんだね？」

話に耳を傾けていたヨハンが確かめると、マギーはうなずいた。

「えぇ…、ニルスは私が着いた時にはもう死んでいた」

スツールに腰を下ろしていたヨハンは身を乗り出す。

「だったら、なぜ知ってるんだい？」

「何を？」

「アキがニルスを見つけたときの状況だよ。どうして君が知っている？」

「アキに聞いたからよ」

「アキが、見つけた時にはニルスは血を流していたと言ったんだね？」

ヨハンの確認に、マギーはたじろいだ。

「…えぇ」

「でも君は、自分の目では見ていない」

疑うように言われ、マギーは頭を振った。

「私にはわかるわ！　アキをよく知っていたから…っ」

「――」

ヨハンはしばし黙ってマギーを見つめる。これまで彼女が話した内容は、すべて彼女の主観によるものだ。それが真実とは限らない。

「気持ちはわかるよ。六ヶ月間、ブリキ缶に閉じ込められて、毎日同じ顔ぶれで過ごす気持ちはよくわかる。もはや赤の他人が家族のように思えてくるんだ。だが氷は普通じゃない人を呼び寄せる。逃走中の人間。秘密を持つ人間……」

世間から身を潜める、あるいは背を向けて閉じこもるのに、南極は持ってこいだ。

「…私はここで過ごした最初の冬に、ある望遠鏡技師と知り合った。ジェイコブだ」

その名前を口にするのは久しぶりだった。

彼は冬の間、一日も欠かさずに妻に電話をしていた。毎日、一時間も長話をするのだ。だが帰国フライトの前日、ジェイコブは遺体で発見された。シャワー室で手首を切った末のことだった。後で、妻は一年も前に亡くなっていたとわかった。彼は警察で事情聴取を受けることになっていた。

「つまり、私が言いたいことは…南極に集まる人間には、隠しごとをしている者も多い。だから君に問いたい。アキのことを本当にわかっているかい?」

マギーはきちんと話を聞いた。その上で改めて首を横に振る。

「アキはやってない」

あらゆる手配をすませた後、ヨハンはようやく隊長室に戻った。しかし心の中は、まだ何か打つ手があるのではないかという焦燥《しょうそう》でじりじりと落ち着かない。

隊長室の机の上には被害者のスマホがずらりと並べられていた。ヨハンはその中の、アキのスマホを手に取り、動画のひとつを再生してみた。

ファイル名から察するに、南極短編映画祭に出品する作品だろう。その名の通り、南極各地の基地から集められた短編映画の優劣を競う催《もよお》しである。

ポラリスからも応募するつもりだったようだが——アキとヘザー、エバ、エリック、ニルスは、まるでアマチュア劇団の俳優のようなオーバーアクションで演技をしていた。おまけにジャンルはゾンビもののホラーだ。どうひいき目に見ても、ボリウッドを誇るインド基地の作品に勝てるとは思えない。

その時、携帯の画面に、ふいにアニカが姿を現した。役になりきりアキに呼びかける。

『イマムラ博士！　検査結果が出ました。きっと信じられませんよ』

ヨハンは動画を止《と》めた。思いがけず生きているアニカを目にし、心臓が音をたてる。

と、隊長室のドアがノックされた。ガスである。

「無線なんですが、異なる周波数をいくつか試していたら発見したものがあって…」

ヨハンは急いで立ち上がると、ガスの前をすり抜けて通信室に向かった。

ガスが後ろからついてくる。

「無線なんです。ループ再生されるメッセージで、近距離無線から発信されたものです」

「近距離？　どのくらいの？」

「至近距離です。私が思うに、この基地内ではないかと」

「そうか。それで正確な位置は把握《はあく》しているのか？」

その問いにガスが答える前に、目の前に迫った通信室からもれてくる声が、ヨハンの耳を奪った。ノイズ混じりの、心をかき乱すようなか細い女の声である。

『…誰か…チームに至急…れ…ん…ください…医療支援が…きゅうに…』

声は必死に冷静さを保とうとし、自制していた。しかし疲労と恐怖をにじませている。

動揺《どうよう》したヨハンが通信室に入っていくと、中ではスピーカーがメッセージを流し続けていた。

『…誰か…アニカ・ルントクヴィスト…つうし…きん…必要…』

「―――…」

ヨハンは自分の頭がぐらぐらするのを感じた。アニカはまだ生きているのだろうか？

それともこれは、死人からのメッセージなのか？

その横でガスが、小さなランプが円形に並ぶハンディサイズの機器を手に取った。先端が枝分かれしたアンテナもついている。

「これはドップラー方向探知機（ＤＤＦ）です。操作はとても単純で、このように持つだけです」

ガスはそう言ってアンテナを左右に振る。するとＤＤＦは、バリバリバリ…ブーンと音を立てた。

「アンテナを前に向けて、画面に表示される方向に進んで下さい」

説明の通り、円形に並んだランプのひとつが赤く光っていた。アンテナを動かすと、赤い光が円の上を移動し、信号の発信源を探す。

それをたどれば、このメッセージの発信源を探せるというわけだ。ヨハンは機器とアンテナを手に、すぐさま通信室を出た。ガスが後を追ってくる。

ベルトに吊った小型ラジオが、アニカのメッセージを低音量で再生し続けている。

『…えいせ…うしな…これは…救援要請です。くり返します。これは…きゅう…』

ヨハンはアンテナを左右に向け、円の上を動く赤い光の動きを見守った。

『どうか…国際緊急…ください…医療支援が…必要…』

「下の階かもしれない」

「きっとそうですよ」

二人で地下へと続く木製の階段を下りていく。一階の廊下《ろうか》に着くと、ヨハンはしばし立ち止まり、ふたたびアンテナを左右にかざした。右に向けた時のほうが、バリバリという音が大きくなり、赤いランプもそちらを示す。

『…医療支援も緊急に必要です…ルントクヴィスト…ポラリスⅥの越冬隊の科学研究員…』

ヨハンは廊下の突き当たりまで歩き続け、アンテナが示す方向に地下へと続くドアを見つけた。信号の発信源は、その奥だ。ドアを開けると、その先には金属製の階段がある。

地下へと下りた二人は、赤色灯の赤い光に包まれた。

『…アニカ・ルントクヴィスト博士。ポラリスⅥ越冬隊の科学研究員…これは…』

赤いランプは、地下道へと続くドアを示す。しかしそれは大きな棚《たな》に塞《ふさ》がれていた。ヨハンは怒りを募《つの》らせる。

「基地の隅々まで探せと言わなかったか？　隅、々、まで、と」

「隊員達はきっと…」

「氷の地下道の中に人がいるとは思わなかったと？　ほら、手伝え」

二人はドアの前にある棚や、その他のガラクタを乱暴に押しのける。通ることができるようになると、ヨハンは金属製のドアを横にスライドさせて開いた。ガタン、という大きな音が、反響しながら薄暗い地下道の奥へと響く。

氷をくり抜き、人が立って歩けるほどの穴を開けただけの空間だ。床も壁も天井も氷でできている。人がほとんど来ない場所ゆえ、照明はひどく乏《とぼ》しいものだった。

『…これは…緊急要請です…誰か聞いている人がいたら、国際緊急対応チームに至急連絡してください…』

薄暗い氷の道を、ヨハンは信号の発信源と思われる方向に向けて歩き続ける。奥に進むにつれてＤＤＦのバリバリという音は大きくなり、アニカの声が鮮明になっていった。やがてその声からノイズが消える。

ヨハンは立ち止まった。

「ここだ」

ぐるりとあたりを見まわすと、天井に設置されている排気ダクトに、瘤《こぶ》のようなものがあることに気がついた。何かをダクトテープで貼りつけているのだ。

テープを剝《は》がしてその瘤を調べてみる。と——

『基地の衛星通信装置が壊れており、医療支援も緊急に必要です…』

それは小型の無線送信機だった。外部と連絡を取る最後の手段だ。

「彼女は賢いな…」

おそらく犯人の目を盗み、何とか外の世界に助けを求めようと試みたのだろう。

「電話も無線もつながらない状況で、アニカは外にいる誰かがこの録音を聞くことに望みを託したんだ…」

恐怖の中でも冷静さを失わず、生きるための努力を続けた。そんな妻に思いを馳《は》せていたヨハンの背後で——

突然、すさまじい咆吼《ほうこう》が上がった。

「うぉぉぉぉぉぉ!!」

同時に、何者かがまっすぐに走りこんでくるや、ヨハンに体当たりをする。体重をかけて氷の壁に押しつけ、にぎりしめたアイスピックを振りかざしてくる。

ヨハンはガスに向けて叫んだ。

「助けてくれ！」

防寒コートのフードを目深《まぶか》にかぶっているため、相手の顔はわからない。ヨハンは衝撃にうめきながらも必死に抵抗した。ガスが飛びかかり、襲撃者をヨハンから引き離そうとする。

はじめの勢いこそ激しかったものの、襲撃者はさほど力があるわけでもなく、三人でしばし揉《も》み合った後、無傷で取り押さえることに成功した。

「じたばたするな！」

揉み合ううちにフードが外れ、気づけば顔が露わになっている。ヨハンは息を呑《の》んだ。

「アーサー……」

襲撃者は、変わり果てたアーサー・ワイルドだった。いつも後ろになでつけていた髪は、ぼさぼさで半分顔を隠している。髭《ひげ》ものび放題で、あちこち凍傷《とうしょう》になっていた。

こちらを見つめる目には色濃い恐怖と、現実と虚構の区別がついていないかのような錯乱が見てとれる。

日の光の届かない地下道に長いことたった一人でいれば、そうなるのもしかたがない。

（だが、いったいなぜ――）

彼はこんなところで何をしていたのだ？

ヨハンとガスは、あ然としてその場に立ちつくした。

ひとまずアーサーを地上に連れていき、手当てをするよう隊員に指示をした。

数時間後、元々彼が使っていた個室を訪ねたところ、アーサーは清潔な服に着替えて毛布をはおり、包帯の巻かれた姿で、カップに入った熱々のブロススープを飲んでいた。

人の世界に戻り、ひと心地ついたはずだ。にもかかわらず、憑《つ》かれたような表情は変わらない。茫然自失《ぼうぜんじしつ》の状態は、長く地下に留まっていたせいか。それとももしや、人としての一線を越えてしまったことが原因か？

ヨハンは生き残った彼に疑いの目を向けつつ、アニカについて訊ねた。しかしアーサーは無情な返事をよこす。

「アニカの居場所はわからん。最後に見かけた時は生きていた。私はずっとあのトンネルに隠れていた。何週間も非常食で食いつないだんだ！　もうずっと日の光を見ていない。何日…どのくらいの期間だったのかもわからない。冬が終わったことも知らなかった」

まくしたてていたアーサーの目が、そこでぎらりと光る。

「…だからトンネルに人が入ってきた時、てっきり彼女が追いかけてきたと思ったんだ」

「彼女？」

「マギーだ」

「――――…」

ヨハンの微妙な表情を見て、アーサーは薄い笑みを浮かべた。怒りと侮蔑《ぶべつ》のこもった笑みだ。

「彼女は生きてるんだろう？　いい子のふりをして。被害者のふりをして」

彼はらんらんと輝く目でヨハンを見つめ、身を乗り出してくる。

「マギーを信じるなよ、ヨハン。彼女の仕業《しわざ》だ。——彼女が全員を殺したんだ」

3

アーサーの部屋は、彼の栄誉ある経歴を余すことなく物語るかのようだった。

棚には英国学士院から授与されたメダルや、女王と並んで写る写真、彼が表紙を飾る「バイオ・サイエンティフィック」の雑誌が置かれ、壁にはたくさんの新聞記事の切り抜きが貼られている。

「大発見！　英国の科学者、気候変動解決の鍵《かぎ》を発見」の記事が一番大きく、他にも彼や彼の研究に関する様々な記事の切り抜きが並んでいる。

しかし今、この部屋の扉には鍵がかけられていた。つまり彼は今、囚人も同然だ。凍傷の痕も痛々しいアーサーの顔は、とても壁に飾られた記事に写る英雄と同一人物とは思えない。

彼はヨハンにしつこく念を押した。

「マギーの言うことを何ひとつ信じちゃダメだ、ヨハン」

「でもあなたのいうことは信じろと…？」

「彼らは私の同僚だったんだぞ。私にできると本気で思うか？　その…あんなことを」

殺人、という単語を彼はぼかした。口にするのもおぞましいとばかりに。

しかしヨハンの疑念は晴れない。

「二十歳《はたち》かそこらの、華奢《きゃしゃ》な女の子にできる程度には、できるでしょう」

「あぁ、彼女は自分の役を巧妙に演じてるんだろうよ。愛くるしいウサギのような目で君を見て…」

「どうして彼女があんなことをしなくちゃならないんだ？」

当然の問いに、アーサーは秘密を打ち明けるかのように、身を乗り出してきた。

「誰かが私の研究資料を盗ませるために彼女を雇ったからだ」

ヨハンは鼻で笑う。

「みんなが死んだのは、あなたが見つけたバイ菌のせいだと言うのか？」

「君の言うバイ菌は、通常の光合成の一五三倍の速さでＣＯ２を分解する。単独で気候変動を終わらせることができるんだ」

「はいはい、そうでしたね」

「これは本物だ。莫大《ばくだい》な価値がある。それでも君は、あれを手に入れるために大金を積む人間がいないと言うのか？」

「――――」

ヨハンは顎《あご》に手をあてて考え込んだ。アーサーの言葉にも一理ある。

鈍い反応に焦れるように、彼は続けた。

「マギーは本来ならここに来るはずじゃなかった！　私が選んだのはラーズ・オーランダーだった。だが南極行きの飛行機が出る数週間前に、彼がどこかの酔っ払いに轢《ひ》き逃げされたから、プログラムが彼女を送り込んできた。彼女が最初にしたことは何だ？　私の助手と寝ることだよ。彼はアニカと私をのぞけば、研究室に入れる唯一の人間だ」

「だとしても連続殺人の理由にはならないぞ」

「それはこれから説明してやる。マイルズは最後の数日、ビクビクしていた。用心深かったんだ。通信の責任者だったから、盗聴したのかもしれない。私が思うにマイルズはマギーを脅迫《きょうはく》し、事態を知った彼女はパニックに陥《おちい》り、彼を殺した——」

推測に次ぐ推測に、ヨハンは頭が痛くなってきた。

「その話を裏付ける証拠は？　あるのか？」

投げやりに訊ねると、アーサーは立ち上がってデスクに向かう。引き出しを開け、小さな鍵が幾つもついたキーホルダーを取り出した。

「研究室に行け。私のデスクの一番上の引き出しに、メモリーカードがたくさん入った箱がある。チーム全員の精神鑑定データだ。マギーは土壇場《どたんば》で代員を務めることになったから、彼女のデータを確認する機会がなかった。——ヨハン、マギーは身元を偽っている。彼女の鑑定データをチェックして、おかしなことがあれば教えてくれ」

「——」

アーサーは何としてもマギーを犯人にしたいようだ。その意気込みだけはひしひしと伝わってきた。

差し出されたキーホルダーをなかなか受け取らないヨハンに、アーサーは切り札を出してくる。

「いいか。アニカがまだ生きているか、死んでいるか、私は知らん。だがおそらくマギーは知っている」

その言葉はヨハンの弱点を的確に衝《つ》いた。


研究室のアーサーのデスクから取り出したメモリーカードの中身を、ヨハンは通信室のパソコンで確認することにした。

メモリーカードにはそれぞれ名前が書かれている。ヘザー・ブレイク、マーガレット・ミッチェル、アキ・コバヤシ…これはポラリスⅥに参加する前に課される、心理学者との面接のデータだ。その中からマギーのメモリーカードをリーダーに挿入し、ファイルを再生させた。

パソコンの画面上にバストアップの彼女の映像が現れる。

心理学者の姿はなく、声だけだ。

『フルネームをお願いします』

『マーガレット・エミリア・ミッチェルです』

マギーは明るい表情だ。ここで発見された時と比べると、ふっくらして顔色もいい。

『南極基地で冬を過ごす孤独に耐えられるかどうか、鑑定します。…では簡単な質問から。お酒は飲みますか？』

『つきあい程度に』

『タバコは？』

『吸いません』

さらに基本的な質問が続いた後、いよいよ突っ込んだ内容になってくる。

『孤独を感じた一番鮮明な記憶は？』

『…大学に通うためにロンドンに引っ越した時です。知らない街で、知り合いもいなかったので。毎日二時間かけて通学していました。いつも満員電車で、あれほど大勢の人に囲まれながら、途方もない孤独を感じるなんて人生で初めてでした』

『それであなたはどうしました？』

『いい方法を見つけたんです。子供の頃、家の中が静まりかえっている朝方、自分の部屋にいるといつも波の音が聞こえました。だから時々、クロイドンのせまいオンボロアパートで目を覚ました時に、もう少し長く目を閉じたまま、その音を思い出すようにしたんです。波が…ぶつかり合う。そうすると実家で目を覚ましたような気分になれました』

「――――…」

答えの何かが引っかかる。ヨハンは動画を停止した。

手近な書類の山からマギーの履歴書《りれきしよ》のプリントアウトを抜き出し、ざっと目を通す。
出生地：スコットランド、グラスゴー（一九九四年八月九日）
二〇〇八—二〇一三：ランズマン・スクール（スコットランド、グラスゴー）

マギーは病室でサンドイッチを食べているところだった。

スツールに腰かけるや否《いな》や、ヨハンは話を切り出す。

「君がこの基地の隊員に選抜された経緯を聞きたい」

「どうして？」

「君が嘘をついていたことがわかったからだ」

「————…」

マギーはわずかに目を瞠《みは》った。ヨハンは彼女の履歴書を見せる。

「君は心理学者に、子供の頃、自室にいると波の音が聞こえたと話したね…。だがこれによると、君の実家は海から百キロ近く離れていたはずだ」

マギーは動揺《どうよう》するように少しだけ眼差《まなざ》しを揺らした。

「…ええ、嘘をついたわ」

あっさりと認められ、ヨハンのほうが虚を衝かれてしまう。

「私は彼らが聞きたがっている話をしただけ。若いうちから不安を克服することができ、氷の上で越冬する覚悟ができているという話をね」

「どうしてそんなにここに来たかったんだ？　履歴書は読ませてもらったぞ。来る必要はないだろう。クラスの首席。コングラッチュレートリー・オーナーというのが一体何のことだか、私にはさっぱりわからないが」

「…提出した論文に対して、審査教授が拍手をすることよ」

「そうか。それで、本当はここに何しにきたんだね、マギー？」

「………」

マギーはだまってヨハンを見つめた。

「…誰か他の人とも話しているのね。もう一人生存者がいるの？」

「あぁ」

「誰なの？　アキ？」

ヨハンは彼女をじっと観察しながら答える。

「…アーサーだ」

しかしマギーは、少しがっかりした様子を見せただけだった。やがてぽつりぽつりと話し出す。

「…私がここに来たのは、母のためよ」

「お母さん？」

「母は…母には大きな夢があったわ。冒険を望んでいた。南極点に足を踏み入れたり、パドルを漕《こ》いでアマゾン川を渡ったり…。母はどれも成し遂《と》げられなかった。そして私の医学部最後の年にガンを患《わずら》い、あっという間に…。あっけなかったわ」

その時を思い出したのか、彼女は悲しげに目を伏せる。

「闘病中、ここに欠員が出たの。そのことを母に話したら、何が何でもやりなさいって言われた。『今やらなきゃ』って、母はそう言った。『やると約束して。そうしたら残りの人生、医者になって病院に勤めるのもいいし、テレビの前で時間を無駄にするのもいいわ。あなたの好きにすればいい。とにかく、まずはこれをやって』って。私は母にそうすると誓ったの」

「それは真実かい？　それともまた別の作り話かい？」

「真実よ」

ヨハンはマギーをじっと観察した。まっすぐな眼差しをどう捉えればいいのか、判断がつかない。

ややあって、ため息と共に疑念を吐き出した。

「君が何をしていようと、私は知る必要がない。アニカの居場所を知っていたら、頼むから教えてくれ」

「思い出せないのよ。まるで闇の中みたいに…泣いているアニカは見えるけど…消えてしまうの。信じて…」

※

惨劇《さんげき》の後、ニルスは診療室に運び込まれた。

まだ死後硬直は始まっておらず、青ざめて歪んだ顔はまるで生きているかのようだ。

エリックとアーサーの立ち会いのもと、マギーはストレッチャーの上に横たえられた遺体に近づき、検視を開始した。ゴム手袋をした手で注意深く頭部を傾け、首の切断面を露わにする。

「死因は…頸動脈《けいどうみゃく》の切断。脳への血流が絶たれて…大量の失血もみられる」

少し離れたところにあるカートの上には、マイルズの首から下の遺体が入った袋が置かれている。マギーはなるべくそれを視界に入れないよう、ニルスの遺体に集中した。

シャツは血で真っ赤に染まっている。ポケットの中に何かある。…取りだしてみると写真だった。いつも彼が見ていた写真だ。少女が写っている。幸せそうな笑顔だ。しかしその写真はいま、ニルスの血がべっとりと付着していた。

「ニルスの娘だ」

見ていたエリックがぼそりとつぶやく。

マギーは写真をそっと遺体の横に置くと、外科用ハサミを手に取り、血に染まったニルスのシャツを切った。とたん、ハッと息を呑《の》む。

のぞきこんだアーサーがうめいた。

「何てことだ…」

ニルスの胸には、大きな「V」の文字が刻まれている。文字通り刃物か何かで刻んだのだろう。人を殺した上に、遺体にこんな真似《まね》をするなどただ事ではない。

エリックが難しい顔でつぶやいた。

「この件は秘密にしておこう。みんながパニックを起こさないように。…マギー、遺体をバッグにいれてやれ。彼とマイルズを冷凍室に運ぼう」

マギーは言われた通りにニルスを遺体袋に入れた。それをマイルズの遺体と共にカートに乗せ、三人で冷凍室まで押していく。

南極基地の冷凍庫は、一見すると倉庫のようだ。一冬ぶんの食料をのせたラックがスペースいっぱいに並んでいる。普段は照明がつくこともなく暗い場所だ。

マギーが見守る中、アーサーとエリックは二つの遺体袋をカートから下ろし、冷凍室の隅に置いた。

※

マギーから話を聞いたヨハンは、車両格納庫に並べられたニルスの遺体のもとへ行き、胸に「V」の文字が刻まれていることを確かめた。

その足でアーサーの部屋に向かう。

「ニルスの遺体には『V』の文字が刻まれていたが、あなたの説が正しければ、それもマギーの仕業か？　あなたの研究を盗むことと何の関係がある？」

アーサーはしたり顔で応じた。

「ロシア語にぴったりな言葉がある。マスキロフカ――意味は偽装工作だ」

「偽装工作？」

「マギーの行為はあまりに凄惨《せいさん》で、私たちの目をいやおうなしに引きつける。その凶行に納得いく理由を求め、意味を見出そうとする間、私たちには真実が見えなくなる」

アーサーは自信たっぷりに言いきった。

「あれは目くらましだよ。血は最高の偽装だ」

「――」

彼の部屋を出ると、診療室に向かって歩きながら、ヨハンは無線でガスに指示をした。

「バーツ医学校に連絡して、マーガレット・ミッチェルの資料を取り寄せろ。何としてでも手に入れるんだ」

※

食堂はひどく重い雰囲気《ふんいき》だった。集まった全員が、この事態にすっかり参ってしまい、互いに少し離れた場所にいる。そんな仲間の様子を、アニカがじっと観察していた。

エリックが立ち上がる。

「ニルスは…その、ニルスに何が起きたのか、ここにいる全員が知っていると思う」

食堂に沈黙が下りた。アキがぽつりとつぶやく。

「彼が言っていたことは真実だった」

ニルスは一貫して無実を主張していた。しかし誰も信じなかった。彼に罪をなすりつけようとした、本当の犯人の思惑通りに彼を人殺しと決めつけ、彼を閉じ込めた。

アーサーが口を開く。

「この中の一人がやったんだ」

その言葉はみんなに重くのしかかってきた。

内部の人間の犯行なのは、もはや疑いようがない。犯人は、とても人の所業とは思えないことをしておきながら、みんなと同じように打ちひしがれた顔をして、この中に紛《まぎ》れ込んでいる。まるで最初の晩に見た映画のように、仲間のうち一人は、まともな人間の皮をかぶったモンスターなのだ。

だが、誰が?

「…それが誰だろうと、これはまだ手始めにすぎない」

ラモンが確信を込めて言った。ヘザーは顔をしかめる。

「マイルズの友達がニルスを殺したのかもしれないでしょ？　復讐《ふくしゅう》のためにね。だったらもう終わりのはずよ」

エバがおずおずと口をはさんだ。

「ラ…ラモンと…マイルズは本当に仲が良かったわ」

ラモンはすかさず言い返した。

「言っとくが、コックが犯人だったら、おまえら全員大変なことになるぜ」

その場に気まずい沈黙が下りる。マギーは思いきって切り出した。

「犯人はマイルズの胸に『V』の文字を刻んでいたの」

とたん、食堂にざわめきが生じる。エリックが強い声で言った。

「マギー、何のつもりだ」

「みんなにも知る権利があるわ」

主張するマギーの隣で、アキが虚空を見つめ、暗い声でつぶやく。

「犯人は僕たちに、まだここにいるぞと伝えてるんだ。僕たちがパニックに陥《おちい》るのを見てる。そして次に殺されるのは誰か、僕たちが想像するのを観察してるんだよ」

我慢できないとばかり、エバが立ち上がった。

「誰だか知らないけど、犯人さん！　私はあんたのことを知らないし、あんただって私のことを知らないでしょ。お願いだから今すぐ終わりにして、私たちを解放してちょうだい。みんなで口をつぐむわ。私は生きたいの。お願いよ！」

訴えながら、エバは涙に声を詰まらせる。

アーサーがエリックをふり向き、揶揄《やゆ》を込めて訊ねた。

「で、この後どうする？　隊長《たいちょう》」

「――――…」

エリックは答えられなかった。そう察したアニカが助け船を出す。

「全員で団結しなくちゃ」

「ダメだ！」

アーサーが立ち上がり、全員の注目を集めた。

「ふざけるな、言語道断だ！　周りを見ろ！　犯人はこの中にいる！」

「それこそまさに犯人の思うつぼよ。仲間割れさせたいのよ」

「それが理性的な意見じゃないのは君もわかっているはずだ、アニカ。ただの義理人情、生ぬるい道徳心だ。冷静さ、疑念、不信感…。生き抜くにはこういうものこそ必要かもしれないぞ。文明の地に戻ったら、みんな教会に行けばいい。だがここではそれじゃ通用しない。ここでは生き残らなくちゃならない。だから全員、周りの人間を見ろ。誰かの疑わしい言動を見聞きしたことがあるなら、今すぐぶちまけろ」

「ダメよ！　そんなの止めましょう！」

そのやり取りが引き金となり、皆がいっせいに議論し合う。ラモンがひときわ大きな声を張り上げた。

「ニルスを発見したのは誰だ!?」

アキが堂々と応じる。

「僕だ。彼を助けようとした」

「善きサマリア人に幸あれ。その場面を実際に見たやつはいるか？」

マギーが手を上げた。

「私が」

「へぇ、あんたが？　心が温まるな。オシドリ夫婦のかばい合いってわけか。そういうあんたはどうなんだ、ドクター？　チェーンソーを発見して、俺達にニルスを疑わせたのはあんただったな」

「ラモン！」

アキが抗議するように呼びかける。が、ラモンはおかまいなしだ。

「ニルスが俺達を凍死させる寸前までいったのは、Ｔ３になっていたせいだな。ニルスを診察していたのが誰かっていうと――」

「黙れ！」

激昂《げっこう》するアキを、ラモンは嘲笑《ちょうしょう》した。

「まぁ気をつけろよ。だってそこのドクターは、気がついた時にはあんたのキンタマを戦利品よろしく首にぶら下げているかもしれないぜ？」

「――――！」

その瞬間、アキは闘牛のようにラモンに突進する。二人はもつれ合ったままテーブルに倒れ込み、その内のひとつをひっくり返した。さらにアキは、ラモンをくり返し蹴《け》りつける。怒りに我を忘れているようだ。

「今すぐ止めるんだ！」

止めに入ったエリックが、アキの腕に関節技をかけて動きを封じた。

ラモンがうめきながら起き上がる。アキは痛みに顔をしかめてエリックに訴えた。

「わかった！　悪かったよ！」

「…………」

マギーはそんな彼をあ然として眺める。

ほっそりしていて小柄なアキ。いつも人なつこく、穏やかなアキ。まさか彼が、あんなふうに我を忘れて人に蹴りを入れることがあるだなんて…。

（――いいえ）

思いがけない一面を目の当《ま》たりにした驚きを、マギーは彼への信頼の下に押し込んだ。

アキは怯《おび》えているのだ。普通の精神状態ではないのだから、思わぬ行動を起こすのも無理はない。この一件だけで暴力性を疑うのは行きすぎだ。

実際、その後に診察したラモンの怪我《けが》は大したことがなかった。少し痣《あざ》ができた程度。

（でも…）

ラモンの手当てをした後、マギーは診療室にあるアキの医療ファイルを確かめた。

すべての項目に目を通してみたが、何も問題はない。彼の健康状態は完璧《かんぺき》なほど整っている——

※

「アキがそういう状態になったのを以前に見たことは？」

「いいえ。一度も」

きっぱりとしたマギーの言葉に、ヨハンは考え込んだ。彼の経歴も調べ直す必要があるだろうか？

その時、彼の無線機がザーザーと音を立てる。

『こちらガス、ヨハンへ。こちらガス、ヨハンへ。聞こえますか？』

「こちらヨハン。どうした？」

『衛星通信が広範囲で回復しました。嵐の予報にもアクセス可能です』

「よし。そっちに行く」

ヨハンはマギーの部屋から通信室へと移動する。

ちょうど到着した時、テーブルの上にずらりと並べられた被害者たちのスマホが、いっせいに着信音を鳴らした。室内が不協和音に満たされる。

衛星通信との接続が回復したため、すべての携帯電話に過去三週間分のメッセージが届いているのだ。

アキには母親から。マイルズには別の基地の越冬隊員から。ニルスには兄弟から。ヘザーにはガールフレンドから。

SNSへのメッセージが何通も、何十通も、次々に届く。そのほとんどは安否を気遣う内容だ。

「………」

見ているうちにヨハンは胸がつぶれそうになった。メッセージの送り主たちは、まもなく愛する人間の死を知らされるのだ。

暗く沈んだ気分でそれぞれを確認していたヨハンの目が、その時、エリックの携帯電話に留まった。ホーム画面にメッセージが表示されていたのだ。

『ビデオはクラウドに保存されました』

ヨハンの目を引いたのは、そのビデオのサムネイルが、ベッドの上にいるエリックとエバの姿だったせいだ。ヨハンはエリックのスマホを取り上げ、ビデオを再生した。

映像は彼の部屋の高いところから撮られているようだ。

エリックとエバが彼の部屋でセックスしている。傷だらけの大きな身体《からだ》が、やわらかなエバの身体に覆《おお》いかぶさっている。二人は喘《あえ》ぎ、なまめかしい声を発していた。

ヨハンはショックを受け、ビデオを早送りする。ふたたび再生した箇所《かしょ》では、彼らは事を終えてベッドに横になっていた。

『君はなぜ、終わった後に悲しそうな顔をするんだ？』

エリックの問いに、エバは起き上がりながら応じる。

『ルーカスに悪いわ』

『エバ…』

『自分に誓ったの。こんなこともうやめるって』

『エバ、僕には君が必要なんだ。頼むよ…』

エリックは彼女をなだめようとしている様子だった。しかしその前にエバが、設置されたカメラに気づく。

『…録画しているの?』

彼女は顔をこわばらせ、カメラに手をのばしてつかんだ。

『何なの? 何でこんな最低なことするの?』

『それは…』

『これを使って私を脅《おど》すつもり?』

『ちがう! でも君だって同じように僕を必要としているはずだ。行かないでくれ、エバ、頼む…!』

引き留めるエリックを振り払い、エバは部屋を出ていってしまう。

彼は「クソッ」と毒づいてカメラを止めた。

よく知る間柄だと思っていた相手の思いがけない秘密をのぞいてしまい、落ち着かない気分になる。

しかしアーサーはヨハンからその話を聞いても、少しも驚かなかった。

彼は自室で悠然《ゆうぜん》と髭《ひげ》を当たりながら、何でもないことのように言った。

「旧ポラリスで、エバはエリックの氷妻だったんだ」

それは越冬隊員達の間で、文字通り冬の間だけのパートナーを意味する言葉だ。

「だが……」

旧ポラリスは八年前に焼失した。ずいぶんと昔の話だ。ヨハンがそう言うと、鏡の前のアーサーはそれがどうしたとばかり肩越しにふり返る。

「エリックがどんな人間かは知ってるだろう？　彼は手放すことをしなかった。帰国するとエリックはエバに電話するようになった。家にも職場にもだ。そんなことを何ヶ月も続けて、ルーカスが電話に出ると無言で切った。まるで十代のガキだ」

「またはストーカーだな」

「ここにいると、人は孤独の中で自分と向き合うことになる。私はエリックほど自己を嫌悪している人間を知らない」

「――――」

ヨハンは言葉を失って黙り込む。思い当たる節はある。アーサーは追い打ちをかけるように言った。

「命を預けるには、あまりにも脆《もろ》い男だ」

※

食堂での話し合いはまとまらなかった。

「エリック、これじゃ三週間なんてもたないわ。私たち、何とかしないと」

隊員達は途方に暮れ、最後にはエリックにすがるような目を向けた。何でもいい。何でもいいから今後の道を示してほしいと。

しかし彼は明確な答えが出せなかった。

「そりゃ…何かするさ。するしかない。それしかないだろ…」

アニカが何かを思いついたように声を上げたのは、その時だ。

「待って！　救援を求める方法があるわ！」

沈黙が落ち、全員が彼女を見る。

「アルゼンチン基地よ」

「遠すぎる」

アーサーが却下《きやつか》した。しかしアニカは首を振る。

「いいえ！　誰かをスノーキャットで送り出せばいいのよ。そして無線で救援を求めるの」

「そりゃ無理だ。アルゼンチン基地は、ざっと二〇〇か三〇〇キロは離れてるんだぜ？

不可能だよ」

悲観的なラモンの言葉に、ヘザーが異を唱える。

「いいえ、そんなことない。それほど無謀《むぼう》じゃない。うまくいくかもしれない…」

彼女はラウンジに移動すると、南極の地図を指さした。そしてアルゼンチン基地へのルートを指でたどる。

「北進した後、氷河を避けて北西に曲がる。高原を進むのは遠まわりの景勝ルートだけど、平らで地面が固い。安全よ」

エリックが眉《まゆ》に皺《しわ》を寄せた。

「スノーキャットでも無理だ。最大走行距離の三〇〇キロは、最適条件下での話だ。ここの天気は最適条件にはほど遠いだろ」

アーサーもうなずく。

「操縦席の暖房だけでもかなりガソリンを食う」

「でも無線がついてるでしょ？　だったらアルゼンチン基地まで走破しなくても、ここまで行ければいい」

ヘザーは地図上の一点を指さした。アルゼンチン基地より、いくらかポラリスⅥに近い位置である。

「ここから彼らに信号を送れば？　向こうにポラリスⅥの半分の装備でもあれば、簡単に信号を拾ってくれるはず」

口元にこぶしを当てたアキがつぶやいた。

「ここから約二七〇キロ…ギリギリだな」

「行くのは一人でいい。防寒着を着込んでね。スノーキャットには燃料を載せられるだけ載せる。操縦室にもトランクにも。…これが唯一の手だよ」

エリックが地図をじっと見つめる。決心がつかないようだ。ヘザーは訴えた。

「一か八かの賭《か》けだけど、ここでやらなきゃ、もっと人が死ぬ」

「――――」

全員の目がエリックに集まった。リーダーの決断を求めている。エリックは逡巡《しゅんじゅん》しながらもうなずいた。

「よし、やろう。いいな？」

ヘザーはほっと息をついた。

「よかった！　私が操縦する。オフロードドレースみたいなもんよ」

自信たっぷりに笑うヘザーに、ラモンが待ったをかける。

「おいおい。このアイディアを思いついたのはアニカだ。しゃしゃり出るつもりか？」

「何が言いたいの？」

「犯人は俺達に救援を呼んでもらっちゃ困るはずだ。確実に阻止する方法は、スノーキャットの操縦者になること。そう言いたいんだよ。…俺が行く」

「は？　最初は文句つけてたくせに。今度は乗り気になって、自分が行くって――」

「いいかげんにしろ！」

二人の言い争いをエリックが制止する。彼は全員を見まわし、断固とした口調で言った。

「くじ引きだ」

十分後、ラウンジに集まる皆の目の前にはスパゲティの乾麺が一パックあった。

エリックがその中から自分を除いた人数分のスパゲティを取り出し、一本だけ半分に折る。そして長さの違いがわからないよう、まとめてにぎりしめた。

「短いクジが当たりだ」

「…………」

その場に微妙な空気が流れる。

ヘザーが最も適任であることは明らかだ。ラモンはともかく、他のメンバーはエリックのやり方にやや納得していない雰囲気《ふんいき》だった。しかし隊長の言うことには逆らえない。

隊員達は一人ずつクジを引いていった。アーサー、アキ、マギー、アニカ…順番に引いていくも、どれも長いパスタである。

しかしエバがおずおずと引いた結果、短いパスタが当たった。彼女はハッと息を呑《の》む。

エリックが反論を許さない声で言った。

「エバが行く」

「…………っ」

彼女は恐怖に満ちた目でエリックを見上げる。わずかに頭を振って抗議しかけるも、彼に目線で制され結局呑み込んだ。

青ざめるエバを、アニカがハグして励《はげ》ます。

「ほらほら、きっとうまくいくよ。大丈夫」

何とかほほ笑んでエバを見守りながら、マギーは違和感を覚えていた。以前、エリックから聞いたことがあるのだ。軍を退役した後、手品に凝《こ》っていた時期があると。

彼とエバのただならぬ雰囲気は薄々察していた。それもあり、マギーはエリックがインチキをしたように思えてしかたがなかった。

彼はおそらく、エバをなるべく安全な場所に行かせたいのだ。

しかし結果は結果。ヘザーが元気に言った。

「じゃあ、みんな！　始めようじゃないの！　さぁ、さぁ！」

その号令に、隊員達は一丸となってスノーキャットの出発の準備を始める。

ヘザーはスノーキャットのGPSにルートを入力し、ラモンは燃料を満たし、アキはその燃料缶をトランクに積み込んでいく。エリックは倉庫から保温効果の高い防寒毛布を何枚か引っ張り出し、アーサーは操縦室に食料を運ぶ。さらに追加の燃料缶が、操縦室の空きスペースに隙間《すきま》なく置かれた。

アニカとマギーはエバに重装備の防寒服を着せ、気持ちを落ち着かせるよう声をかける。

一時間ほどで仕度《したく》は調った。

全員で車両格納庫に集まりエバを囲む。ヘザーが最後のレクチャーをした。

「必要なら運転をやめて操縦席で眠って。何をするにしても、居眠り運転は絶対にダメよ。それから休憩するなら、エンジンは切らずにアイドリングさせておいて」

エバはやや不安そうにうなずく。

「アイドリングね。オーケー」

マギーは最後に、化粧《けしょう》ポーチのような救急キットを渡した。

「ここには包帯とハンドクリームと、塩タブレットが入ってるから。とにかく温かくして、水分補給を忘れないで。大丈夫よ、エバ。あなたならやり遂《と》げられるわ」

「どうかしら…」

「考えようによっちゃ、あんたはラッキーなんだよ。ここから脱出できるんだから！」

自信のなさそうなエバに、ヘザーが励ますように笑い、ハグをした。

「がんばって」

エバはようやく小さな笑顔を見せ、操縦席に乗り込む。全員の見守る中、エバは緊張のおももちでイグニッションキーを回した。しかしエンジンはブルブルと音を立てただけで止まってしまう。

ヘザーが声をかけた。

「心配しないで。エンジンが冷えてるだけだから。いいから続けて」

エバはうなずき、ふたたびイグニッションキーを回したものの、うまくいかない。さらにもう一度挑戦するも、また失敗した。皆の注目を浴びて、プレッシャーを感じているようだ。苛立《いらだ》ったように言う。

「私のやり方、何かまちがってる？」

ラモンが不満そうにエリックをふり向いた。

「こんなのバカげてる。そう思うだろ？　彼女には無理だ、エリック」

「だまれ。エバが行くんだ」

エリックはラモンに低く応じてから、彼女に笑顔を向けた。

「大丈夫。もう一度だ。さぁ！」

エバは再度挑戦するが、どうしてもエンジンがかからない。ラモンが毒づく。

しかし何度かくり返した後、ついにエンジンが正常に始動する音が、車両格納庫に響き渡った。ブルブルというアイドリング音に、見守っていた隊員達はホッと胸をなで下ろす。

エバもうれしそうにエリックに笑顔を見せた。そのとたん、
ドォン!!

と響いた激しい爆発音に、全員が吹き飛ばされた。

「……………！」

すさまじい勢いで床や壁にたたきつけられ、痛みにうめく。衝撃が去ると、隊員たちは視界が炎に照らされていることに気がついた。朦朧《もうろう》とする頭を、何とかスノーキャットに向ける。

そこには、激しい炎に包まれる車体があった。

エンジンが爆発し、積み込まれた燃料缶に引火したのだ。皆が驚愕《きょうがく》のおももちで見つめる中、エバは車中で生きながら焼かれている。

「エバァァァァ!!」

マギーは絶叫し、スノーキャットに駆け寄ろうとした。それをヘザーが、体当たりするようにして寸前で止める。

「ダメよ！」

ヘザーに強く抱きしめられたまま、マギーは目を背けることができず、操縦席のエバを見つめ続けていた――

※

「エバは燃えてた！　燃え上がってた！」

話すうち、突然パニックを起こし始めたマギーの手をミッケがにぎりしめる。

「マギー、マギー、落ち着いて、落ち着いて。僕がここにいる。ここにいるから。ここにいる。少し休憩にしよう。何も考えなくていい――」

しかし彼女はなお痛ましいエバの死を思い出し、記憶に耐えようと身体《からだ》を丸めてうめく。

そんな姿にさすがに罪の意識を覚え、ヨハンは病室を出た。

早足で車両格納庫に向かい、並べられた遺体の中の焼死体の前で、脱力するようにしゃがみ込む。

ようやく正体が判明した。この遺体はエバだったのだ。

「――――」

そのまま物思いに沈んでいると、ミッケがやってきた。

「彼女の様子は？」

「だいぶマシです。でも休息が必要です」

近づいてくるミッケに、ヨハンは焼死体をじっと眺めながら口を開いた。

「彼女の子供達にデンマークで会ったことがある。ヴィクトル…そしてリリー。彼女は…かわいい子だった。ずっと私の髭《ひげ》をさわって。エバとご主人と一緒にランチをしたんだ…。あの家族に何て伝えればいいんだ…？」

「自分を責めることはないですよ。あなたのせいじゃないんだから」

しかしヨハンは大きく首を横に振った。

「君はわかっていない。…エバが死んだとわかって、私は……喜んだんだ」

「………」

「この遺体を見つけてから、私は願っていた。『どうかエバであってくれ。エバであってくれ』と。そして彼女だとわかってみると…」

ヨハンは立ち上がる。横に並ぶ他の遺体が視界に入ってきた。

たった半年前に言葉を交わした者たちが、今は遺体袋の中にいる。

「ここで起きたことすべて…数々の恐ろしいことに…溺《おぼ》れてしまいそうだ」

ミッケがメガネ越しに心配そうな目を向けてきた。

「もうやめたほうがいい。警察の到着を待ちましょう」

「やめるわけにはいかない！　アニカが生きている可能性があるとわかった以上…」

「そうと決まったわけじゃないでしょう」

容赦《ようしゃ》のない意見に、ヨハンは言葉を詰まらせる。

沈黙に包まれた車両格納庫が、強い風を受けてガタガタと音を立てた。照明が明滅する。

「嵐が近づいているんだ」

ヨハンは無線を取り出した。捜索隊を編制し、嵐が来る前に基地周辺の氷をくまなく調べるよう、ガスに指示を出す。

その後はエバの死について、例によってアーサーに話を聞きに行った。

マギーと違い、彼はすでに落ち着いていた。すっかり以前の通りだ。ガラスのカップに、のんびりティーバッグでお茶を淹《い》れている。

ヨハンは迷いながら自分の疑念をぶつけた。

「エリックが意図的にやったと思うか？　エバがスノーキャットに乗るよう仕向けたと？」

彼はエバに尋常《じんじょう》ならざる執着を抱いていたようだ。携帯電話の中にあった動画からもよくわかる。

エリックはスノーキャットが爆発するよう細工《さいく》されていたことを、本当に知らなかったのだろうか？　あるいは彼自身がそう細工した可能性は？

しかしその問いには、アーサーも曖昧《あいまい》に首を傾《かし》げるばかりだった。

「わからない。…ただ、手に入らないなら壊してしまえと考える輩《やから》もいるからな…」


エバについては、アーサーよりもマギーのほうが少しはくわしいと思われる。

ヨハンが知る限り、エバは八年前にポラリスⅤでの越冬に参加して以降、今まで一度も南極に関わることがなかったためだ。アーサーとの接点は少ない。

「エバは…いつも悲しそうだった。…彼女はここに来たくなかったんじゃないかしら」

「エバが南極から遠ざかっていた理由に見当はつくかい？」

漠然《ばくぜん》としたヨハンの問いに、マギーは少し考えた。

「…わからないけど、エリックと彼女が言い争っているのを、一度見かけたことがあるわ」

「言い争ってた？」

「事件の前よ。廊下《ろうか》で口論していて…、エバが泣いていて、エリックが何かを訴えているみたいだった。『ゴヴァヘンシア』。聞こえたのはその言葉だけ。あるいは『ガー・ヴァ・ヘン・シーア』…だったかしら？」

デンマーク語だ。ヨハンは正確に発音した。

「ガ・ヴェ・ヘン・シア」

「意味がわかるの？」

「『彼の言う通りにしろ』または『彼女の言う通りにしろ』だ。誰のことか見当はつくか？」

「わからない…」

「つまりエリックは、何が起きるのか知っていたってことだろうか？」

ヨハンの推測にマギーは目を瞠《みは》る。

もしそうなら、彼は故意にエバを死なせたことになる。だがそれはちがう気がする。

じわじわと悲惨《ひさん》な爆発の後のことを思い出し始め、マギーは険しい顔で頭を振った。

「エリックは絶対にエバを傷つけたりしない。…エバが死んだ時の彼の顔といったら…」

※

突然のスノーキャットの爆発の直後、消火用スプリンクラーが作動した。しかし燃え盛る炎を消すにはスプリンクラーだけでは明らかに足りない。

日々の訓練通り、隊員たちはいっせいに消火器に向けて走り、一丸となってスノーキャットの消火に当たった。——ぼう然とそれを眺めるエリック以外は。

彼は完全なショック状態だった。愛する人が生きたまま焼かれるのを目《ま》の当たりにして、ただただその場に立ちつくしている。

一方、他の者達は混乱状態だった。極度に乾燥し、水を得にくい南極では、消火活動は一刻を争う。火を封じ込めるため、機械に詳しいヘザーが出す指示に必死に従った。

「もう少しよ、みんな！　ほら、その調子、がんばって！」

激励《げきれい》の通り、火は少しずつ収まっていく。くすくすと煙を上げるスノーキャットの残骸《ざんがい》と、焼け焦げたエバの遺体が見えてくる。

虚《うつ》ろな目でそれを見ていたエリックは、過呼吸のような様子を見せたかと思うと、ふいに消火剤を放射する隊員たちに向けて叫び出した。

「やめろ!!」

涙を流し、真っ赤に血走った目でわめく。

「やめろ！　みんな、今すぐやめるんだ！」

ふり向いた皆は、ぎょっとしたように息を呑《の》んだ。

エリックの手には黒々と光る拳銃が握られている。

武器の持ち込みが厳しく制限されている南極に、なぜそんな物を？　――驚き、言葉を失う仲間のすべてに向け、エリックは銃を左右に動かした。

こちらを見る目は完全に常軌を逸している。

「犯人はこの中にいる！　おまえらの誰かがエバを殺した！　それが誰か今すぐ言え！　早く！　――早く!!」

「――――」

車両格納庫がシンと静まりかえる。消火を終えた後の煙くささの中、エリック以外は皆、消火器を持ったまま身動きが取れなくなった。

「エリック――」

マギーが勇気を出して呼びかける。しかし。

「動くな！　動いたら誰であろうと撃ち殺すからな！」

彼は聞く耳を持たなかった。彼自身、ひどく怯《おび》えているようだ。血走らせた目をビクビクと左右に動かし、たえず銃口を動かして全員をねらう。

「お願いだから銃を下ろして！」

アニカが懇願《こんがん》すると、エリックは彼女に銃口を向ける。

「そうだ。もともと君のアイディアだったな！　こうなるとわかってたんだろ!?」

「そんなわけないでしょ！」

アニカが激しく頭をふる。マギーも言った。

「エリック、落ち着いて。こんなのあなたらしく…」

「おまえら一人一人に弾をぶち込んでやるべきなんだ！」

彼は泣きながらわめき散らした。

「私たちにはそれがふさわしい！　エバ…エバ…！　悪いのは私だ。私のせいだ…！」

「ちがう。あなたのせいじゃないわ…」

エリックの激昂《げっこう》がやや和《やわ》らいだかのように見えた時、アニカがそっと近づこうとする。

しかしエリックにふたたび銃口を向けられ足を止めた。

「お願い、私の話を聞いて。エリック、あなたはいい人よ。私はあなたを知ってる。あなたは人を大事にするし、何があろうとそれが変わるはずがない…」

「いい人なんかじゃない…私は…」

「いいえ、いい人よ」

アニカは一歩前に進んだ。

「動くな！」

「やめて、エリック。私が初めてここに来たときのことを覚えてる？」

銃口を見つめながら、彼女はまた一歩前に踏み出した。

「私はみんなに一冬もたないと思われていた。そんなのはまちがいだって証明したかった。でもまちがいじゃなかった。一ヶ月経つ頃には、正気を保つのがやっとだったわ。そんなとき、あなたが食堂に来たの。覚えてる？　私のところに来て言った。みんな私がいつ参るか賭《か》けをしてるって。そしてあなたは私が最後までもちこたえるほうに賭けると言った。私はこう訊いたわ。『なぜそんなことを？　勝てる見込みはないのに』」

エリックに歩み寄った彼女は、気持ちを伝えるかのように、彼の肩にそっと手でふれた。

「そうしたら、あなたが言ったの。ここの冬なんかより、俺に二千ドル損をさせるほうがよっぽど怖いぞって。そして結局、賭けはあなたの勝ちだった。エリック、あなたはそういう人よ」

「アニカ…ボロボロになろうがほっときゃよかった…。そのほうが君も幸せだった。こんなところにいないほうが…」

「そんなことない！　エリック、お願い。あなたはこんな人じゃない。私は知ってる——」

マギーの目には、アニカの説得が彼の心に届きかけているように見えた。

しかし——彼女との会話に気を取られている隙《すき》に近づいたラモンが、不意を衝《つ》いてエリックに飛びかかる。もんどり打って床に倒れ込みながら、ラモンはエリックから銃を奪おうとした。アキもそれに参戦する。が、エリックが振りまわした銃に殴《なぐ》られてはね飛ばされた。それでも再び彼につかみかかる。

三人は床の上で激しく格闘した。エリックは銃をしっかりとにぎりしめたまま、アキとラモンへの反撃を試みる。力まかせの攻防がしばらく続き——

パン！

ふいに一発の銃声が響いた。

「——…！」

マギーは自分の左の脇腹に、火で炙《あぶ》った鉄串が刺さったような痛みを感じた。

おそるおそる見下ろすと、シャツには血がにじんでいる。思わず左手でふれたところ、指先がたちまち血でぬれた。シャツはみるみるうちに赤く染まっていく。

「いや…っ」

頭が真っ白になった。出血を止めようと両手を強く押し当てた時、背後でドサッと人が倒れた。

ふり向けばヘザーが仰向《あおむ》けに倒れている。一瞥《いちべつ》して胸に被弾しているのがわかった。マギーの腹部を貫通した弾だろう。

ヘザーは動かず、目は見開かれたまま、ぴくりともしない。死んでいる。おそらく。脈を取って確かめたくとも、マギー自身、痛みで頭に霞がかかっている状態だった。

「――――」

エリックは突然我に返り、「ちがう!」と叫ぶ。

「ちがう、ちがう、ちがう、ちがう、ちがう、ちがう!!」

獣のように絶叫し、銃を持ったまま、彼は全速力で車両格納庫から走り去っていった。

※

「――――……!」

その瞬間を思い出し、マギーは大きく見開いた目を虚ろにさ迷わせた。

胸が塞《ふさ》がれて呼吸が苦しくなる。意識が薄れていく。

「マギー?　マギー?　マギー?」

ヨハンの呼びかけに答えることなく、マギーは座っていたベッドから転げ落ちた。受け止めたヨハンも一緒に床に倒れる。

「おい、マギー！　しっかりしろ！　大丈夫か？」

駆け込んできたミッケがすぐさま彼女をベッドに戻し、鎮静剤を打った。そしてヨハンを厳しくたしなめる。

「度を越してますよ、ヨハン。何度も何度も！」

追い立ててくるミッケに従って病室から出ながら、ヨハンはずっと気になっていたことを訊ねる。

「マギーを診察したのは君だ。改めて訊きたい——あれは仮病か？」

ミッケは、何を言うのかとばかりに顔をしかめた。

「いいえ。僕はT3の患者をたくさん診《み》てきました。とてもそうは思えません」

しかしヨハンには疑念があった。マギーは医者だ。彼女もまた、T3の症状についてはよく知っているだろう。

アストリッドの言う通り、閉鎖された空間の中で殺人が起きた以上、犯人は生き残った人間である可能性が高い。アニカを除けば、この恐ろしい連続殺人の犯人はアーサーか、マギーか、どちらかでしかあり得ないのだ。

進展がないことに苛立《いらだ》ちながら、ヨハンはその場を後にした。

ラウンジを通りがかった時、壁に飾られている歴代の隊員たちの写真に目を留める。これまでポラリスⅥに関わった隊員達の思い出だ。

何度もこの基地に来ているアニカとヨハンは、たびたびそろって写真に登場していた。

食堂でのご機嫌な記念写真、氷上のバーベキューでポーズを取ったもの…。あふれ出す思い出に胸が締めつけられる。

「ヨハン」

写真に見入っていたヨハンの背後から、ガスが声をかけてきた。

「バーツ医学校からたった今、これを受け取りました」

差し出されたのは、学校の成績証明書のコピーだった。今よりも若いマギーの写真が載っている。

マーガレット・エミリア・ミッチェル。医学博士。コングラチュレートリー・オーナー。

「つまり彼女は自分で言っていた通りの人間？」

ヨハンの問いにガスが返す。

「でもまだ誰かの手先って可能性はあります」

「…いや、今回の事件はあまりにも容赦《ようしゃ》ない感じだ。怨恨《えんこん》に近い」

深まる混迷のなかでヨハンはつぶやく。その横でガスが基地の小さな窓の外に目をやった。吹雪《ふぶき》でかなり視界が悪くなってきている。

「嵐が近づいてきます。我々は何をすればいいですか？」

「捜索隊を中に戻らせろ。続きは嵐がおさまってからだ」

うなずいたガスが無線に手をのばした、その時だった。

二人の無線が同時にザーザーと音を鳴らす。

『捜索隊より、ヨハンへ。捜索隊より、ヨハンへ』

ヨハンが腰につけていた自分の無線を取り、口元に近づける。

「こちらヨハン。どうぞ」

『雪の下に何か埋まっているのを発見しました。金属探知機が反応しています』

「────!?」

ヨハンとガスは目を見合わせる。次の瞬間、ヨハンは正面玄関に向けて走り出していた。コートルームで上着をひっつかみ、身につけながら分厚い金属製のドアを押し開けて出ていく。金属製の階段を駆け下りるや、スノーブーツを履《は》いた足で全速力で走った。

「どけ！　どくんだ！」

現場に着くと、何かを囲むようにして立つ捜索隊のメンバーを押しのけ、穴を掘っていた一人の手からシャベルを横取りする。

ヨハンは無我夢中で穴を掘った。息を切らしながら、必死に。早く、もっと早くと自分をせき立てる焦燥《しょうそう》のまま、ひたすらシャベルを動かし続ける。

他の隊員達は後ろに下がり、だまってヨハンを見守っていた。

ほどなくシャベルが何かを掘り当てる。アルミの保温シートの一部のようだ。

ヨハンはシャベルを放り出し、雪の上にしゃがみこんで自分の手で雪をかき分けていった。やがて剝《む》き出しの手が雪の中から姿を現す。

「…………」

隊員達が息を呑む気配がする。手はどす黒く焦げていた。

「あぁ…っ」

ヨハンはおののき、絶望して後ずさる。

最悪の予想が、たった今、現実になってしまったのだ。

雪の上にうずくまり、ヨハンは声を上げて泣いた。


凍りついた黒焦げの遺体は、ソリに乗せて車両格納庫まで運ばれた。ヨハン達が到着した時、中で待っていたミッケが出迎える。

「ヨハン…」

言葉がない様子の友人に、ヨハンは悲しみをこめて告げた。

「アニカはすぐそこにいたんだ…」

言葉にしたとたん、ふたたび衝撃がぶり返してくる。膝から力が抜けたヨハンは、床にくずれ落ちた。

その肩に手を乗せ、ミッケは凍った遺体に近づいていく。遺体は顔の判別もつかないほど全身が黒ずんでいる。

調べ始めたミッケは、あることに気がついた。

「ヨハン、アニカは髄内釘《ずいないてい》を入れてました?」

「…………」

ヨハンは茫然自失《ぼうぜんじしつ》の状態だった。

「……何だって？」

「骨折の治療に使う釘です」

「…いや」

緩慢《かんまん》な動きで首を振るヨハンを、ミッケは手招きした。

「右脚を見てください」

立ち上がってそちらに向かったヨハンは、彼が指し示す部位を見て目を瞠《みは》る。焼けて凍った脚部から、骨折治療に使う釘が突き出していた。

「…入れてない…」

ヨハンは喘《あえ》ぐように言った。

「釘は入れてない。入れてたら知ってるはずだ。…アニカじゃない。ミッケ、この遺体はアニカじゃない！」

葬《ほうむ》られていた希望が心の中で息を吹き返す。

しかしその前で、ミッケは怪訝《けげん》そうな表情だった。

「でも後は全員、安否がわかってますよね？　ポラリスⅥで他に行方《ゆくえ》不明者はいない」

「だったら…」

ミッケの言いたいことを理解する。もっともだ。

落ち着きを取り戻したヨハンは、黒焦げの遺体に近づき、腰に手を当てて見下ろした。

「君はいったい、誰なんだ…？」

4

バン！　と大きな音を立てて勢いよく診療室のドアが開き、ラモンとアニカが二人がかりでマギーを運んできた。

「よし、着いたぞ！　そっちを持て。持ち上げるぞ！」

ラモンの合図と共に、力を合わせてマギーを手術台に寝かせる。彼女は顔面蒼白になり、過呼吸に陥《おちい》っていた。痛みのあまりすすり泣いている。

アキは急いで手術台の照明を点けた。明かりに照らされた彼女の服は、ぐっしょりと真っ赤にぬれている。マギーは自分でも手を当てて止血を試みていたが、血は後から後からあふれ出していた。

「気をつけろ、ゆっくり呼吸するんだ。きっと大丈夫だからな…」

声をかけながら彼女のシャツをめくったラモンが舌打ちをする。左側の鳩尾《みぞおち》のあたりに無残な穴が空いていた。

「何てこった、ちくしょう…！」

アキがあわててマギーに声をかける。

「いや、大丈夫だから…」

アニカも続けた。

「何をすればいいか教えて！　何をすればいい？」

マギーはこの基地で唯一の医者である。今この場で、指示を出せるのは彼女しかいない。三人が固唾《かたず》を呑《の》んで見つめる中、彼女は話そうとするが、くちびるを震わせるのがやっとだった。

「…かが…み…」

「鏡ね。鏡…鏡…」

「あったぞ！」

棚《たな》で鏡を見つけたラモンは、すぐさま手術台に取って返し、マギーに見えるよう鏡に傷口を映す。

少し遅れてやってきたアーサーが、診療室の入口に立って不安そうに眺めている。この場にいる誰一人、アーサーに手伝いを期待する者はいない。彼はいつも少し離れたところから見ているだけだ。

「みんなの助けが必要よ…よく聞いて」

マギーがか細い声でそう告げた。しかし指示はなかなか出てこない。失血のせいで頭がうまく働かないようだ。

取り囲む三人はじっと待った。マギーを救うには内臓からの出血を止める必要がある。

が、そのためには開腹手術を行わなければならないはずだ。はたして自分達にできるのか…？　考えるだけで額に汗がにじむ。

マギーは苦しげに言った。

「必要なのは…まず…リドカイン…それとフェニレフリン、アドレナリン。それと…」

なじみのない薬の名前を並べられ、ラモンがあわてる。

「待て！　ちょっと待て、ゆっくりだ！」

「…ガーゼ、…メス…アルコール、…電気焼灼器《でんきしょうしゃくき》…」

ぼそぼそとした指示を聞き逃さないよう注意しながら、三人はキャビネットを開けて言われたものを取り出していった。

「電気…何だって？」

とまどうアキの横で、ラモンが大声を出す。

「リドカイン、あったぞ！　アドレナリンもだ！」

「…リドカインが先よ。…まずリドカインを…十ミリ…、それからフェニレフリン…」

アキが包装のビニール袋を歯で引きちぎり、手術に使う器具をトレイに並べていく。そこから小さな注射器を手に取ったアニカが、リドカインの薬液を吸い取った後、慎重にマギーに皮下注射をする。

しばらく後《のち》、麻酔《ますい》が効いてきたマギーは少し意識がはっきりするのを感じた。

「いいわ…。次はメス…」

その指示にアキはトレイにあったメスを取り、彼女に渡そうとする。しかし麻酔が効いてなお、マギーの手はひどく震えていた。

アーサーが口をはさんでくる。

「自分でやるなんて自殺行為だ」

「じゃあ誰がするの？」

「………」

診療室が静まりかえった。もちろん誰も立候補しようとしない。

その時、患部に鋭い痛みが生じ、マギーはうめき声を上げる。もうこれ以上、時間の猶《ゆう》予《よ》はない。そう察した様子のアキが、持っていたメスを強くにぎりしめた。

「ぼ…僕がやるよ。何をすればいいのか教えてくれ…」

そう言うと、メスをマギーの患部に持っていく。マギーは力を振りしぼって彼の手を取り、メスのにぎり方を修正した。

「こう持って…」

「了解」

「アニカ、ガーゼで傷口を拭いて…」

「了解」

アニカはアキの傍に立ち、薬品や道具をいつでも渡せるよう待機している。ステープラー、電気焼灼器、吸引ドレーンなどがずらりと並んだカートの上からガーゼを取り上げ、言われた通りに傷口の血を拭き取った。

アキが深呼吸をする。

「いつでも始められる」

そう言うと、あらかじめ洗浄し、医療用クリップで留められていた傷口にメスを当てた。鏡でそれを見ていたマギーがうなずく。

「そう、そこから始めて…傷口を通って水平に切るの。…いい?」

アキは息を止めてメスを彼女の体内に食い込ませていく。マギーはくちびるを食いしばり、痛みにうめいた。びっしょりと汗をかいている。

しかししばらくすると、痛みを堪えてふたたび鏡に集中する。

アキはできるだけメスを安定させながら、まっすぐ動かしてマギーの身体《からだ》を切開していった。腹腔《ふっこう》内に溜まっていた血がどっとあふれ出す。

「あぁ、もう!」

すかさずアニカがガーゼを当て、したたる血をぬぐい取った。

血は後から後から噴き出してくる。しかしマギーは「その調子よ…」とアキを励《はげ》ました。

「まっすぐ…そう、その調子…」

「わかった」

アキは少し自信をつけた様子だったが、直後、マギーは急に黙り込み、まぶたを痙攣《けいれん》させて白目を剝《む》く。

「まずい、気絶するわ。マギー！」

アニカが必死に呼びかけた。

「マギー！」

「おい、マギー、しっかりしろ、マギー！」

彼女に負けないくらい額に汗をかきつつ、アキも大声で名前を呼び続ける。ややあってマギーは意識を取り戻した。

「…見せて…鏡を見せて…」

メスに切られ、生々しく開いた血まみれの傷を、鏡でじっと観察する。

「そこの静脈のなかに…裂傷《れっしょう》がある…。その赤い部分を…焼灼して」

「焼灼だね、わかった…」

アキは震えながら彼女の血だらけの内臓に目をやり、メスと電気焼灼器を持ち替えた。電気焼灼器はボールペンのような形状で、先端部を発熱させて焼灼を行う器具だ。

緊張しながらスイッチを入れると、ブーンと鈍い音がして、アキのおぼつかない手の中でバチバチと鳴った。高温の先端で静脈を焼き、止血を行う――頭ではわかっていても、なかなか実行に移すことができない。

傷口を見つめて硬直するアキに、マギーが優しく声をかけた。

「アキ…」

二人は見つめ合い、互いに信頼と激励《げきれい》を伝える。やるしかない。後戻りはできないのだ。

「いいか？」

アキの問いに、彼女は青ざめた顔でうなずいた。

意を決したようにアキは開放創《かいほうそう》に向けて電気焼灼器を下ろした。電気を帯びた先端を注意深く静脈に近づけていき、ついに焼灼を始めると、内臓から煙が上がり、患部がジリジリと焦げる。

マギーは苦痛のあまり絶叫した。

※

「私は感心した。マギーはあの手術台の上で死ぬと確信していたからね。…だが、そうはならなかった。アキの手術が功を奏してしまったんだ」

アーサーはその時のことを話しながら肩をすくめる。

「今思えば、死んでいてほしかった。そうすれば他の数人が死なずにすんだからな」

「彼女の話は調査済みだぞ、アーサー」

ヨハンは牽制《けんせい》した。

「裏付けは取れている。マギーは君から研究成果を盗もうとなどしていなかった」

「ヨハン、マギーは君に面と向かって嘘をついている」

「そうかもな。あるいは他の誰かが嘘をついているのかもしれない」

「我々はこの基地の外で氷の下から遺体を発見した。女性、身長約一六〇センチ、黒焦げの焼死体、隊員の誰とも特徴が一致しない。アーサー、彼女は誰なんだ？」

「何の話だ？」

「――――」

問いはアーサーを動揺《どうよう》させたようだった。それまでなめらかだった言葉が止まる。

「…サラ・ジャクソンだ」

ややあって返ってきた答えにヨハンは片眉《かたまゆ》を上げた。

「サラ・ジャクソン？　だが彼女はポラリスⅤで八年前に死んだはずだ」

「…そうだ」

救出されて以来、おそらく初めてアーサーが自信をぐらつかせている。何かある――そう確信し、ヨハンは斬《き》り込むように質問を重ねる。

「彼女の死体がなぜこの基地の敷地にある？」

「…我々が彼女を連れてきた…」

アーサーはいかにも渋々話し始めた。

※

マギーの状態がひとまず落ち着きを見せた後、アキはラモンと共に車両格納庫に戻り、残ったもう一台のスノーキャットの状態を調べた。するとやはり、そちらもエンジンをかけると爆発するよう細工《さいく》されていたため、協力して修理に取りかかる。

エンジンの上にかがみ込んで作業をしていると、ラモンがちらちらとアキを見てから切り出してきた。

「…なぁ、おい。食堂でのこと、俺が悪かったよ。うん」

アキは、とっさに何のことか思い出せなかった。何しろあの後、めまぐるしく色んなことが起きている。

「気にするな。お互い、プレッシャーを抱えてるから」

「いやいや、弁解のしようもない。マギーの回復を心から祈ってる」

「ありがとう」

笑顔を交わした時、アニカとアーサーがやってきた。

「どんな調子?」

「エンジン全体が燃料浸しになっていた。それから点火ケーブルが剝《は》がされてた」

よって二人でエンジンを乾かし、剝き出しになったコードをダクトテープで包み、絶縁させているところだ。

アキの説明にアニカは小首を傾《かし》げる。

「つまり、どういうこと？　これでアルゼンチン基地まで行けるの？　行けないの？」

ラモンがあきれたように返した。

「匂《にお》いを嗅《か》いでみろよ。エンジンが燃料浸しだ。火花ひとつでこいつ全体がどでかい火炎瓶《かえんびん》になる。これで行くなんて正気の沙汰《さた》じゃない」

そしてタープで覆《おお》われたエバの遺体を顎《あご》でしゃくる。アニカはそちらを見ることなく、おもむろに告げてきた。

「別の方法もあるわ。——ポラリスVよ」

とたん、ラモンがハッとしたようにアニカを見る。

アキは訊き返した。

「ポラリスV？　旧基地の？」

「ええ。Vの無線を持ち出せたら、こっちのシステムにつなげられるわ。同じ衛星を使っているはずよ」

「もしカリカリに焦げてなければだけど」

ポラリスVは八年前、火災により焼失した。ポラリスに関わる誰もが知る事実だ。

しかしアーサーが首を振った。

「火がまわる前に氷床《ひょうしょう》が崩壊し、建物は氷に呑《の》み込まれた。だが地球温暖化のおかげで、地球では年に五千億トンもの氷が溶けている。その大部分がここ、南極西方の氷だ」

「つまり…ポラリスVが再び地表にせり上がってきている可能性もあると？」

半信半疑のアキの前で、ラモンもつぶやく。

「たしか火元は研究室で、通信室から遠く離れていた。運が良ければ…もしかしたら…」

「相当な賭《か》けだな」

消極的な意見に、アーサーはさらに続けた。

「いいか、あそこならスノーモービルで充分行ける距離だ。どうだ、のるか？」

ラモンがすかさず賛同する。

「のった」

「アニカものった。私もだ。おまえはどうする？　おまえも来るか？」

「…………」

アキは困惑を隠せない。

アニカがポラリスVのことを持ち出したとき、古参メンバーの三人が目配せを交わしたことに、アキは気づいていた。おそらく彼らは自分の知らない情報を共有している。唐突《とうとつ》にも思えるアニカとアーサーの提案には、何か他の意図が隠されているような気がしてならなかった。しかし他に手段がないのであれば、拒《こば》む理由もない。

結局アキも賛成し、すぐにそのための準備が進められた。

アキとラモンとでスノーモービルの整備と給油をし、人数分の無線機を探す。その間にアニカとアーサーは必要なものをそろえるため倉庫に向かった。

一冬分の物資が詰め込まれている倉庫には、鉄製のラックが林のように奥までぎっしりと連なっている。その棚《たな》のひとつひとつに、種類ごとに分けられた品々が整然と並べられている――はずだった。

しかし倉庫に入るや、奇妙に忙しない物音が聞こえてくる。そして目指すラックに向かったところ、そのあたりはすでに引っかき回され、床に物資が散乱していた。

こちらに背を向け、棚にあるものを物色しているのはエリックである。彼は抱えたダッフルバッグに必要な物を手当たり次第詰め込んでいた。こちらの気配に気がつくと一瞬だけ手を止めたものの、ふり向くことなく作業を続ける。

「………」

アーサーとアニカは不安をにじませた目線を交わした。

「…エリック、おまえ…大丈夫か？」

アーサーが訊ねるも、彼は返事をせず、棚にある物を黙々とバッグに放り込んでいく。

彼のすぐ横に拳銃が転がっていることに気づき、アーサーはぞっとした。

「なぁ、エリック。私たちはポラリスⅤに行ってみることにしたんだ。回収できる機器が通信室にあるんじゃないかと思ってな」

話しかけながらエリックに近づくにつれ、アーサーはさらに別のことに気がついた。何と今エリックが漁《あさ》っているのは、バッテリーの置かれた棚だったのだ。彼はバッテリーを集めているようだ。

「エリック、だからバッテリーを少し分けてもらえたら、非常にありがたいんだが…」

そのとたん、エリックは無言で拳銃を手に取り、床に向けて撃った。

パン！　と乾いた破裂音が響き、アーサーとアニカは身を竦《すく》ませる。

疑いようのない威嚇《いかく》である。しばし立ちつくした後、アニカが静かに切り出した。

「エリック、お願い。無線が復活すれば、私たちは全員助かるかもしれないわ…」

切実な訴えに、背中を向けたままエリックが口を開く。

「彼女以外はな」

「え？」

「エバだ。彼女は助からない」

エリックがふり向いた。血走った目は、エバを失った直後のまま。失意の底にある暗い眼差《まなざ》しも、強く抑圧されて爆発寸前の怒りを感じさせる声音《こわね》も、何もかもが、彼は今ふれてはならない状態なのだということを伝えてくる。ぎりぎり保っている正気が失われたら、何をしでかすかわからないと。

「エリック…」

「俺の部屋を訪ねてくるなよ」

ダッフルバッグをつかむと、エリックはそれを肩に背負い、二人に背を向けて出ていった。

アーサーとアニカは顔を見合わせる。

「…中止するしかないわ」

弱気なアニカの言葉に、アーサーは鼻を鳴らした。

「あのマヌケがくすね損《そこ》ねたバッテリーと食料をかき集めたら出発するぞ！」

彼女の前では決して口にしなかったが、不本意ながらアーサーは、エリックの選択があながちまちがっていないことを認めざるを得なかった。

技術員のニルスがいて初めて、この基地はうまくまわるのだ。暖房も、電力も、ニルスがいなくては近いうちに立ちゆかなくなるのが目に見えている。だからこそ何とかして、できる限り早急に外部と連絡を取らなければ――

ほどなく、ポラリスⅥから三台のスノーモービルが雪原に向けて走り出したのだった。

※

「ガス！」

大声を上げてヨハンは通信室に駆け込んだ。

パソコンの前にいたガスがビクッと顔を上げる。

「な…何です?」

「アニカの居場所の見当がついた」

「どこです?」

「ポラリスⅤだ」

「ポラリスⅤ?」

「氷床が溶けて再びアクセス可能になったんだ。アニカは賢い。あそこに避難した可能性がある。捜索隊を準備してくれ。この嵐が弱まり次第、出発させる。いいな?」

「了解」

通信室を出ていくガスに替わり、ヨハンが通信機器の前に座って番をする。

ふと思いつき、パソコンでポラリスVの火災について報じるニュース映像を検索してみた。出てきた動画のうち、ひとつを再生させる。

『四ヶ国の混成チームによって隊員九名が救出された後、基地は崩壊しました。隊員一名が依然として行方《ゆくえ》不明です――』

リポーターの声にかぶせるようにして、他の基地のヘリコプターから撮影されたと思《おぼ》しき旧ポラリスが映し出される。基地は氷の中に没し、姿が見えなくなっていた。

初めて目にする映像に衝撃を受けているうち、画面は他の基地に保護された隊員たちのインタビューへと切り替わり、やや若いエリックの姿が現れる。

『我々は死傷者を出し、研究所も失ってしまった…』

重い口調で応じる彼の横では、ラモンが沈痛なおももちでうつむいていた。

次に現れた人間は、ヨハンが直接は知らない人物である。テロップには「ラーズ・オーランダー　ポラリスV医師」とある。事故死したというマギーの前任者だろう。

ラーズはカメラを向けられ、やや興奮した口調だった。

『炎に囲まれた。何も見えず、息もできなかった。このまま死ぬかと思ったが、必死に走って脱出したよ…!』

次に映ったのはアーサーである。

『我々は残念なことに大切な同僚、サラ・ジャクソンを失いました。彼女は実に優れた科学者でした…』

疲れきった様子ながらも、しっかりと答えている。

『研究成果は大方、持ち出すことができました。我々はこの研究が世界を変えると確信しています。この研究を謹《つつし》んでサラとそのご遺族に捧げます』

次に映ったのはアニカだった。

『彼女はとてもいい友人で、私たちはとても…っ』

声を詰まらせて涙をぬぐう彼女から、画面はふたたび知らない男に切り替わる。

ダミアン・ファウルズ。ポラリスV生物学者——そんなテロップの上で、ダミアンはひどく青ざめている。

『彼女は…煙をものともせず、SOSを発信してくれたんだ…』

コメントを見終わると、ヨハンは別の動画のサムネイルをクリックした。

『本日はポラリスVのヒロインの追悼《ついとう》特集をお送りします』

女性リポーターのそんな声と共に、女性の写真が映し出された。

ブルネットの長い髪に、青い瞳。三十代だろう。穏やかなほほ笑みと優しい目元から、温かい人柄が伝わってくる。

『サラ・ジャクソン。旧姓ブラスコ。スペインからの頭脳流出組です。卒業後、祖国を離れたのは、環境科学の分野でキャリアを追求するためでした。イングランドに渡ったサラは、科学者兼、母親兼、冒険家になりました。――これは彼女の生前最後の映像です。悲劇的な死の二日前、彼女は私たちのインタビューに答えてくれました』

リポーターのコメントが終わるや、静止画像がインタビューに替わる。ポラリスVのラウンジと思われる場所で、サラは取材に応じていた。

『サラ、あなたは二人のお子さんがいらっしゃるそうですね。地上で最も寒い場所に来るためにお子さんたちと半年間、離れるのはつらいですか?』

『ええ、もちろん』

うなずいた後、彼女は力を込めて続けた。

『でもあの子達は強くて勇敢《ゆうかん》ですから。私がここにいるのは二人のためであり、未来のためなんだということを理解してくれています。私たちが犯した過ちのせいで、いずれ子供達の世代が苦しむことになるのだから、修正するのが私たちの義務なんですよ。たとえどんな代償を払おうとも…』

※

ポラリスVで起きた火災について改めて検索し、スマホで古いニュース映像を見ていたアキは、マギーのかすかなうめき声に気がついて顔を上げた。

診療室の隣にある病室である。そのベッドの上でマギーは、まぶたを震わせて少しずつ目を開く。ぼんやりした様子の彼女に、アキはそっと声をかけた。

「気分はどう？」

彼女は緩慢《かんまん》にまばたきをしてからアキを見る。

「…赤く焼けた火かき棒で刺された気分」

「あぁ、僕がオペした患者はみんな、そう言うよ」

アキの冗談に彼女は力なく笑った。

「文句を言ってるわけじゃないの。…痛みはいい兆候よ。…生きてるってことだもの」

自分でシャツをめくり腹部の傷を確かめる。まだ腫《は》れているが出血は止まっている。

「それで大丈夫かな？」

「ええ、大丈夫よ。ありがとう」

お墨付《すみつ》きを得て、アキはようやくホッとした。しかしマギーの表情は晴れないまま。

「ヘザーは…？」

不安そうな問いに、アキも無念を噛《か》みしめながら首を振った。

「…ダメだった」

「そう…。──他の人達は？」

「出かけたよ」

「出かけた？」

「ポラリスVにね。旧基地の」

「だってスノーキャットは…」

「スノーキャットは使えないよう細工《さいく》されてたけど、スノーモービルは無事だったから」

「そう…」

マギーには別の懸念《けねん》が芽生《めば》えたようだ。

「でも…どうしてそんなところに…?」

「通信室に何か回収できる物があるんじゃないかって言ってたよ」

「あなたはそれを信じたの?」

「………」

実のところ、少し変だなとは感じていた。だが——

「僕には引きとめられなかった。君をエリックと二人きりにするわけにもいかないし…」

彼女は毛布をめくった。

「みんなを追いかけないと——ぅ…っ」

起き上がろうとした瞬間、彼女は痛みにうめく。

「横になってなきゃダメだ!」

「医者に訊いたけど…退院していいって……」

苦痛に歪んだ笑みを浮かべ、彼女は点滴の注射針をむしり取った。医者とはもちろん自分のことだろう。さらにベッドから下り、無理をして床に足をつく。

「歩くのがやっとじゃないか!」

「順番に殺されるのをベッドで待つ気はないわ」

支えようとするアキの腕を、マギーは退けた。意志は固いようだ。しかたがない。アキは彼女といっしょに通信室に行き、詳細な南極の地図を何枚か引っ張り出して広げた。そこには大陸各地に散る基地がすべて載っているのだ。

地図の上に身を乗り出し、ポラリスVの場所を入念に調べていたアキは、やがてイライラしながらため息をつく。

「ダメだ。ここにある地図はどれも新しくて、八年前の基地は載ってない。正確な座標が必要なのに…」

「――――」

マギーはじっと本棚《ほんだな》を眺め、目についた冊子《さっし》を引っ張り出した。

「これは?」

差し出されたのはポラリス・プログラムの年報だった。まさに八年前のものである。アキはにわかに色めき立ってページを開き、パラパラとめくる。と――

「あった!」

南極大陸の地図の中にポラリスVの位置が紹介されていた。座標も書かれている。アキは即座にページを破り取った。すると次のページが現れる。

そこにはポラリスVチームの集合写真があった。

「越冬隊員だわ…」

マギーは興味をそそられたようにその写真を見る。アキも一緒にのぞきこんだ。ほとんどは馴染《なじ》みのある顔ばかりだ。アーサー、エリック、アニカ…みんな笑顔を浮かべている。アキは、先ほど旧基地の火災について報じるニュースで目にした顔に気がついた。

「サラ・ジャクソン…」

ブルネットの髪に大きな青い瞳を持つ、優しそうな雰囲気《ふんいき》の美人である。

「彼女は旧ポラリスの火事で亡くなった唯一の犠牲者《ぎせいしゃ》。研究成果を救ったのも彼女だ」

彼女が命がけでSOSを呼んだおかげで、焼け出されたアーサー達は他の基地に救助され、研究成果を持ち帰ることができたのだから――

写真を見ていたアキは、ふいにあることに気がついた。

「くっそ！　…そうか！」

「どうしたの？」

「ニルスの遺体についていた文字、あれはV《ヴィ》じゃない。ローマ数字のファイブなんだ」

「あ…！」

マギーも小さく声を上げ、写真をよく見る。

隊員達の制服には、基地のロゴであるポラリスVの刺繍《ししゅう》が刺されている。赤い「V」はニルスの胸に刻まれていたものとそっくりだ。

「…君の言う通りだ。彼らは、おそらく無線機を取りに行ったんじゃない」

「…なるほど。筋が通っているわね。スノーキャットは細工されていたのに、スノーモービルは無事だった。細工した人物が誰にせよ、私たちをポラリスＶに向かわせたかったのかも…」

でもなぜ？　そんな疑問は残ったが、おそらく自分達の――ポラリスＶに参加していない者にはわからない、何らかの事情があるのだろう。

アキはマギーとうなずき合うと、旧基地に向かう準備をした。

とはいえ彼女は怪我人《けがにん》だ。スノースーツに着替えていたアキは、ブーツを履《は》くのにも手こずっているマギーを見かね、その前にしゃがみこむ。

「ほら、貸して」

ブーツの紐《ひも》を結んであげているうち、彼女がためらいがちに口を開いた。

「アキ…あなたを信じていいの？」

「えっ？」

思いがけない問いに思わず顔を上げると、マギーはじっとこちらを見下ろしている。

「…あなたがラモンに暴力を振るった後、あなたの医療記録を見てみたの」

「――――」

「模範的な記録だった。作為を感じるくらい完璧。…ただ一点、βブロッカーの使用歴を除いては。おかしいわよね。あなたには心臓の既往歴《きおうれき》がないのに…」

βブロッカーは血圧や心臓の治療に使われる薬である。一方で精神科の薬物療法にも利用されている。抗精神病薬の副作用を抑えるためだ。

会話の行く先を察し、アキは床から立ち上がると彼女の横に腰を下ろした。そして自分で説明する。

「アーサー・ワイルドのもとで働けるのは、エリート中のエリートだけだ」

昔からずっと、そういうところで研究することを夢見ていた。

「学生時代、少しでも成績を上げようと…アンフェタミンに手を出した。眠るのもやめた。そのうち…みんなの陰口が聞こえてくるようになったんだ。僕を笑う声もね」

アンフェタミンは覚醒剤《かくせいざい》の一種だ。使い続ければ統合失調症に似た症状を引き起こす。

「妄想症《パラノイア》は心の不調の典型的な症状よ」

マギーの言葉にうなずいた。

「そんな時…定期試験で、ヨシがズルをした。ヨシは僕の親友だ…」

「それで何をしたの、アキ?」

スッと心に入ってくる声だった。責める響きは少しもない。そのことに安心し、思い出したくもない過去を打ち明ける。

「僕は…彼を殴《なぐ》った。一度、二度。あばらを折り、鼻を折った。彼は出血し、やめてくれと懇願《こんがん》した。それでも僕は止められなくて…僕は感じたんだ…」

マギーは、言葉をしぼり出すアキの肩に手をまわし、そっとささやいてくる。

「爽快《そうかい》感ね?」

間近で見つめられ、親密なしぐさにどぎまぎする。同時に、暴力に共感を示す無感情な眼差《まなざ》しに気づき、這《は》い寄るような恐怖を覚える。

アキは頭を振った。

「解放感だ……」

「そうなの」

「ごめん……」

うつむくアキを、マギーはぎゅっと力を込めて抱きしめてきた。


車両格納庫の扉が、きしんだ音をたててゆっくりと開いていく。その向こうにあるのは広大な虚無。果てのない吹雪《ふぶき》の闇だ。

アキとマギーは防寒具を着込み、フェイスマスクとゴーグルで顔全体を覆《おお》って一台のスノーモービルにまたがった。エンジンの回転数を上げたスノーモービルが、氷の砂漠へと飛び出していく。

塗りつぶされたように暗い夜のなか、唯一の光源はスノーモービルのヘッドライトだけだ。闇を貫く光線が、氷の塊《かたまり》や、雪や霜《しも》に覆われた岩に反射する。

吹雪の中の走行は実際よりもずっと長く感じられた。永遠にも思えるような時間の後、ついにヘッドライトが雪原からつき出した金属の建物の輪郭《りんかく》を照らし出す。ポラリスVの車両格納庫だ。

格納庫の傍に、アキとマギーは小さな野営地を発見した。テントがひとつと、スノーモービルが三台。雪に刺さった何本ものトーチが、あたりを照らしている。少し離れた場所に目をやれば、アーサーとアニカ、ラモンの姿も見える。彼らは野外にいて、何か作業をしているようだ。

近づくにつれて、彼らが穴を掘っていることがわかった。シャベルとつるはしで氷を掘り、ポラリスⅤへの入口を探しているのだろう。

スノーモービルのエンジン音に気がつくと、三人は手を止めてふり返った。エンジンを止めると、三人はシャベルを持ったまま近づいてくる。アキは少し緊張した。うるさいくらいの風と雪の中、向かい合った五人はしばし黙って向かい合う。やがてアーサーが冷ややかに訊ねてきた。

「安静にしてなくていいのか？　ドクター」

マギーはぎこちない動きでスノーモービルから降りる。

「…手伝いがいるだろうと思って」

「シャベルが使えるほど体調がいいのか？」

「いいえ。でもあなたがその道具で怪我をしたら応急処置くらいはできるわ」

「――――…」

さりげなくではあったが、三人が不安と疑念の混じった目線を交わすのを、アキは見逃さなかった。アーサーがシャベルの柄を強くにぎりしめるのも。

何が起きてもいいように身構えていると、ややあってアーサーは手にしていたシャベルをアキに向けて放ってきた。

「君はたくましい若者だ。仕事にかかれ」

ホッと息をついて、シャベルを手に取る。

それから四人で黙々と氷を掘り続けた。強い風に混じり、ザクッ、ザクッ、ザクッ…と、作業の音が淡々と響く。

「………」

作業をしながら、アキは時々横目で他の三人の様子をうかがった。相変わらず、三人は互いに何やら物言いたげな目線を交わしている。少なくとも自分とマギーが歓迎されていないのはまちがいなさそうだ。

彼女は、犯人がみんなをここに誘導したかったのかもしれないと言っていたけれど…本当だろうか？

あれこれ考えながら掘って、掘って、掘り進め、どのくらいの時間がたった頃か——テントの入口に座って現場を眺めていたマギーが、ふいに立ち上がった。

「止めて！」

ラモンが額に垂れた汗をぬぐう。彼女は足を引きずりながら、彼のもとに向かった。

「休憩をとって、ラモン」

ラモンは肩をすくめる。

「だが速く掘れば、それだけ速くここから出られるんでね」

「ええ。でもあなた、汗をかいてる。…汗が凍ると皮膚《ひふ》の血流が妨げられるの。寒さで麻《ま》痺《ひ》して指か脚を失うはめになるわよ。しかも手遅れになるまで気づかないの」

ぎょっとした様子のラモンが、ミトンに包まれた指を曲げ伸ばしする。

アーサーもまた、かがめていた腰をのばした。

「ドクターの言う通りだ。休憩しよう」

その時――

アキのシャベルがガチン！　と音を立てた。皆の視線が集まるなか、アキはシャベルを前後に動かす。と、かき分けられた雪の中から金属製のものが現れた。

「あった！　あったぞ！」

アーサーが快哉《かいさい》を叫ぶ。それはポラリスＶの外殻《がいかく》だった。

その後、休憩をはさんで再び掘り始めると、やがて地下道らしきものを掘り当てる。氷の中に穴を開けただけの道を、懐中電灯でぐるりと見まわし、アニカが言った。

「これは…北側の地下道かしら？」

地下道が見つかったということは、そこを進めば基地に至る可能性が高い。ラモンが疲労をにじませた笑顔を浮かべる。

「まず入口を見つけよう。それから通信室だ」

地下道をのぞきこむ四人を、一人背後に立ったアーサーは複雑なおももちで、じっと見つめていた。

※

「八年前といえば、マギーはようやく高校を卒業する年だ。だが…あんたはまさにあの場所にいた。だから隅々まで知り尽くした旧基地にみんなを連れていったんだ。一人ずつ殺すために」

　アーサーから話を聞き、ヨハンはそう推測する。しかし相手は余裕の笑みを見せた。

「君の記憶は都合のいいことしか覚えていないようだ」

「何が言いたい？」

「私はポラリスVの唯一の生き残りではない」

　暗にアニカのことを指摘され、ヨハンの背筋に寒気が走る。アーサーが反撃に出てきた。

「奇妙じゃないか。君は最初から私たちの――マギーと私の対立を煽《あお》ってきた。だがアニカを疑うような質問は一度もしていない」

「アニカのことはよく知っているからだ」

「そうかね？」

　伴侶《はんりょ》としての意見を、彼は一蹴《いっしゅう》した。

「マギーについて私が言ったことはまちがっていたかもしれない。だが我々の研究の価値について言ったことはまちがっていない。誰だってあれを手に入れるためなら殺人くらいするさ」

ヨハンはきっぱりと否定した。

「妻がどんな人間かは知っている。彼女に何ができて、何ができないかも。まちがいなく、あんたよりずっと彼女を知っているんだ」

「…私たちがどうやって出会ったか、その話は彼女から聞いているか？」

薄笑いでの問いに、ヨハンは眉根《まゆね》を寄せる。アーサーは得々として語り始めた。

「彼女はへぼ学者の助手をしていた。彼女の研究成果をすべて横取りして自分の名前で発表するような、チンケな男のな。まぁべつに…珍しい話じゃない。普通なら下積みの間はぐっとこらえる。決して口外はしない。——だがアニカはちがった。暴露したんだよ。そいつとのメールのやり取りを全部公表し、ヤツの詐欺《さぎ》行為を暴いたんだ。みじめなペテン師は完全に干された。もちろんアニカも長年冷や飯を食うことになった」

アーサーはヨハンの目をのぞき込んでくる。

「なぁ、君が私をクズ呼ばわりするのはわかる。それもあながちまちがいではない。だがあの頃の彼女に懸《か》けたのは私だけだった」

「まったくの善意からだろうな？」

冷たい皮肉に、彼はほほ笑んだ。

「結果、大正解だった。アニカには才能と情熱と野心があった」

「ポラリスVでのあの冬が終わった後、アニカはあんたを心底嫌悪していた。まったく、無理もない話だな」

「確かに我々は袂《たもと》を分かった。それは否定しない。だがアニカは戻ってきた。――そうじゃないか？」

「――――」

ヨハンは言葉に詰まった。図星だったからだ。

「彼女の野心が再燃したわけだ。野心は人に魂を売り渡させる…」

「！」

したり顔で言うアーサーの前で、ヨハンは勢いよく立ち上がった。暴力的なまでの怒りを覚え、思わず手が出そうになったのだ。しかしすんでのところで思いとどまる。

（落ち着け…）

自分にそう言い聞かせると、再び椅子《いす》に腰を下ろした。

寝室で見つけたアニカのメモを思い出す。血にまみれた手、許されることでは…、地獄に落ちても…と罪をほのめかす言葉が並んでいた。アーサーの言うことは正しいのだろうか？

彼女は金銭や、研究者としての成功のために人を害するような人間ではない――長年抱いてきた絶対的な信頼のなかに、じわりと疑念がにじみ出してくる。ヨハンは頭を抱えた。

確かにアニカは野心家だった。

『彼が単に男だからという理由で功績を独り占《ひとじ》めするなんて、二度と許されないことよ』

半年前、彼女はそう語っていた。決然としたおももちで。あれはこの恐ろしい計画についてのことだったのか？

（いや、待て――）

疑うこと自体、混乱している証拠だ。彼女に限ってそんなことはありえない。

一人で黙考した後、ヨハンは顔を上げてアーサーを見据えた。

「一緒に来てくれ」


二人で向かったのはラウンジである。ヨハンは書棚《しよだな》からポラリスVの平面図を取り出すと、ビリヤード・テーブルの上に広げた。

ヨハンが正面玄関を指さす。

「ここから侵入したのか？」

アーサーは地図を眺めて首を振った。

「ちがう。北側の地下道から入り、まっすぐ食堂に進んだ…」

「八年前に火災が発生した時、みんなはこの食堂にいたと聞いたが…」

「そうだ」

「なぜVに戻った？」

「通信機を手に入れるためだ」

※

それぞれ、ずっしり荷物の詰まったザックを背負った四人とマギーは、地下の暗闇に向けてのびる階段にたどり着いた。ラモンがおそるおそる段の上に足を乗せたとたん、建物全体がきしんだ音を立てる。

アーサーがわめいた。

「ここは何年も前にくずれた場所なんだ！　もっと慎重にいけ。私はまだ死にたくない」

注意深く、一人ずつ間隔を空けて、一行は階段を下り始める。数メートル先も見えない闇の中、下へ下へと進んでいく。

階段を下りきった先にはドアがあった。ドアを開けると、その向こうには焼け焦げた部屋がある。懐中電灯で照らしたところ、かなり広いようだ。焦げたテーブルがひっくり返り、食べ物や食器が至るところに散らばっている。

「ここは…？」

マギーの問いに、アニカが答えた。

「食堂よ」

アニカの懐中電灯が照らした先には、手書きの垂れ幕の焼け残りがあった。光に照らされた部分は、『…MES THE SUN』と読める。

「これってパーティ？」

食堂の焼け残った部分にある、装飾の名残《なごり》を照らしてマギーが言うと、アーサーがうなずいた。

「長い冬の夜の終わりを祝うサンライズ・ディナーさ。我々がここに座って、みんなで日の出を待っている時に、火災報知器が鳴り出したんだ」

「――――」

その時、アニカが足を止める。彼女はぼんやりと食堂を見まわしていた。顔色が悪い。

「ねぇ、大丈夫？」

マギーが声をかけると彼女は心ここにあらずといった様子でうなずく。

「えぇ…ただちょっと…不思議ね…こうして全部残っているなんて…」

どうやら強い衝撃を受けているようだ。いつも明晰《めいせき》な彼女らしくない、頼りない眼差《まなざ》しに、マギーもまたわずかな不安を覚える。

数歩先でラモンも立ち止まり、床に落ちているものの前でしゃがみこんだ。それは彼がパーティ当日に振る舞った料理の残骸《ざんがい》が凍りついたものだ。

彼は顔をしかめてつぶやいた。

「嘘だろ。忌々《いまいま》しいチーズケーキだけ、無傷で残ってやがる…」

焼け残ったものだろうが、長い時がたっているわりには保存状態が良いようだ。

と、その時、彼の持っていた懐中電灯の明かりが少しずつ弱まっていく。

「また懐中電灯が切れた。急いだほうがいいぞ」

促す声に、広い食堂のあちこちに散っていた面々が集まってくる。すぐ後ろにいるマギーに気づかなかったのか、アニカとアーサーが何やらひそひそとささやきあっていた。

「…あのスーツケースを見つけなきゃダメよ…」

そんな言葉がもれ聞こえてくる。

(スーツケース?)

不思議に思いながら、ふと背後で響いた物音にふり返ると、厨房《ちゆうぼう》に続くビニールカーテンから、突然誰かが顔をのぞかせる。

「――――!?」

マギーはぎょっとして飛び退いた。…が、よく見ればラモンだ。

「すまん。驚かすつもりはなかった。悪かった」

軽く言い、彼は傍《かたわ》らをすり抜けてアーサーとアニカに合流する。

「………」

おかしい。マギーの中で疑念がふくらんだ。自分達は今、通信室を探しているはずなのに。彼らの目的は別にあるようだ。

集まった五人でふたたび歩き出した矢先、先頭にいるアニカが息を呑《の》む気配がした。

その横に並んだアーサーもまた、前方にライトを向けて絶句する。

「これは…」

一人一人、前に進んでそれを見た者は全員、言葉を失った。

何本もの懐中電灯が照らし出す先には、顔の判別もつかないほど焼け焦げた遺体が横たわっている。

アニカがふるえる声でつぶやいた。

「…サラだわ…」

瞳に涙をにじませ、彼女はこみ上げる感情を呑《の》み下すように喉《のど》を鳴らした。

「私が…一緒に南極に行こうと説得したの。…彼女はすばらしい才能の持ち主だった…。だから、私のせいよ…」

その横でアーサーも痛ましげに口を開く。

「サラは私たちの命の恩人だ。炎をものともせずにSOSを発信してくれた。あれがなければ、私たちは永久に救出されなかっただろう」

そして取り残されたサラ・ジャクソンは、逃げようとして、ここで炎と煙に巻かれて果てたのか。

「………」

遺体を見つめるアニカは、今にもくずれ落ちそうだった。マギーは遺体を調べようと傍らにしゃがみ込む。するとアーサーが声を上げた。

「先に進もう」

しかしアニカは動かない。彼は焦れたようにくり返す。

「先に進もう、アニカ」

強く促す声に、ようやくアニカはうなずいた。アーサーはマギーにも顎《あご》をしゃくる。

「まもなくすべての懐中電灯の電池が切れる。その時、ここにいたくないじゃないか」

彼に追い立てられるように、一行はぞろぞろと食堂を後にした。一番後ろにいたマギーは、床に横たわったまま闇に消えようとしている遺体をふり向き、最後の一瞥《いちべつ》を投げる。

一方、先頭ではラモンが四方の壁をライトで照らした。

「灰がない。焦げ跡もない。火はここにたどり着く前に消えたんだ。…通信室も無事だと願いたいな」

アニカが心配そうに言う。

「みんな、懐中電灯の予備はあと何本？」

「俺はゼロ。今手に持っているのが最後だ」

ラモンの答えに、残りの三人も同じだとうなずいた。アニカは少し考えてから提案する。

「手分けして探すべきじゃない？」

ラモンがぎょっとしたように応じた。

「手分けって…本気で言ってるのか？」

この中には殺人犯がいるかもしれないのだ。そんな状況で別々に行動するなど正気とは思えない。皆の気持ちは同じだったが、アニカの言うことももっともだった。

「電池の残量を考えると全方向を探すのは無理よ。少なくとも一度に一箇所《かしよ》じゃ間に合わない。手分けしないと、ここで全員死ぬことになるわよ」

「…そうだな。分散したほうが効率的だ」

アーサーも賛同した。

「もし懐中電灯が切れたら発煙筒を使え。その後はまっすぐ食堂に戻るんだ」

指示に、アキとラモンが不安そうにうなずく。

その時だった。マギーがうめき声をもらしたかと思うと、脇腹を押さえて足下をふらつかせる。

あわててアキが支えた。

「マギー、どうした？　大丈夫か？」

「…ええ…」

彼女はうなずきながら、新たな痛みに身を縮める。

「悪いけど…手を貸して…」

マギーはゆっくりとスノースーツのジッパーを下げ、セーターをめくる。と、銃で撃たれた傷口のあたりに赤い染みがにじんでいた。

「やだ…縫合《ほうごう》が開いちゃったみたい…」

ここまで来て、とマギーは悔《くや》しさをにじませる。

「わかった。あんたはここで待ってろ。いいな？」

　ラモンが言うと、アキもうなずいた。

「僕が一緒に残る」

「わかった」

　どこかホッとしたようにアーサーとアニカ、ラモンが先に進む。

「どこか休める場所があればいいんだけど…」

　きょろきょろとしながら言うアキに、マギーはその場に座り込みながら答えた。

「あなたも行って。早く通信室を見つけて」

「でも…」

　ためらうアキに、マギーは意識して笑いかける。

「私は大丈夫。約束する」

　彼はそれでも迷っていたが、一人でも人手があったほうがいいのは確かだ。マギーがふたたび促すと、後ろ髪を引かれる様子を見せつつも三人の後を追いかけた。

「懐中電灯は消しておくんだよ、いいね？　必要な時にだけ使うんだ」

　二度、三度とふり返った後、完全にアキの姿が見えなくなってから、マギーは懐中電灯をつけた。

　脇腹がひどく痛む。服の上から傷口を圧迫し、わざと縫合を開いたのだ。しかたがない。

（急がないと――）

　マギーは痛みを堪えながらも食堂に歩いていく。

アニカは遺体にショックを受けていた。アーサーはマギーが遺体を調べることを望んでいないようだった。その理由がどうしても気になったのだ。

廊下《ろうか》を少し進み、焼けた食堂まで戻っていく。その中央にはサラの遺体が横たわっていた。八年も放置されていた遺体というのは、それだけで不安をかきたてるものだ。

マギーは一歩一歩近づいていき、遺体の傍にひざまずいた。ぽっかりと開いた眼窩《がんか》は、まるで自分を見つめてくるかのよう。

「…………」

怯《おび》えている暇はないと自分を叱咤《しった》し、検視を始める。胸を触診し、腹腔《ふっこう》と背中、そして首を調べてから頭蓋《ずがい》に取りかかる。そこでマギーは手を止めた。頭蓋骨の後頭部にひびが入っている。

(骨が折れてる…？)

その事実が頭に浸透するにつれ、ある事実が浮かび上がってくる。マギーは遺体をじっと見つめた。

「サラ・ジャクソンは焼け死んだのではない…？」

黒焦げの遺体の傍らに、ぼう然とうずくまる。

その時、どこかで人の足音がした。マギーは恐怖を感じ、懐中電灯を消して注意深く歩き出す。足音が聞こえなくなってから、電気をつけて焼けた廊下を進んだ。

どこかで物音が響く。マギーは足音を立てないよう気をつけつつ、そちらに向かった。

宿舎のようだ。凍りついた廊下の両側に個室が並んでいる。

物音は、そのドアのひとつから漏《も》れていた。おまけに人影が見える。ここが通信室でないことは明らかだというのに。

「――――」

マギーは息を殺して中をのぞく。が、相手は防寒ウェアで完全武装だったため、顔はおろか男女の区別もつかなかった。とはいえその人物が誰にしろ、着ているパーカーはポラリスⅥのものだ。

人影は何かを探しているようだった。しかも物音を気にしないで捜索している。急いでいるようだ。もちろんマギーにも気づいていない。

マギーはライトを消し、見通しの利《き》く場所に身を潜めて観察し続けた。そのうち、あることに気がつく。

不審者の懐中電灯が、テーブルの下にあるスーツケースの影を映し出しているのだ。

『あのスーツケースを見つけなきゃダメよ』

アニカの声が脳裏《のうり》で甦《よみがえ》った。きっとあれにちがいない。

不審者からは死角になっているため、気づいていないようだ。それどころか電池が切れたのか、懐中電灯の明かりが急速に翳《かげ》っていく。その人物は何度もライトをたたいて電池を長持ちさせようと試みていたが、結局室内は真っ暗になった。

その機を逃さず、マギーは部屋の中に忍びこむ。

物陰に隠れた、まさにその瞬間——不審者は発煙筒を点灯し、室内を赤い光で照らした。相手が捜索を再開し、こちらに背を向けて移動するや、マギーは勇気を出してスーツケースに手をのばす。

今ふり向かれたら、まちがいなく見つかる。そんな恐怖に息を詰める。

「…………」

物音を立てないよう、ゆっくりとスーツケースを自分に引き寄せる。

慎重に、慎重に…緊張に張りつめた時間がしばし続いた後、マギーは相手に気づかれることなく、それを確保することに成功した。

折しも不審者は部屋を出ていこうとする。ホッと息をつきかけた、その時。

不審者が急に立ち止まった。発煙筒で床を見ている。

マギーの心臓がぎくりとこわばった。足跡だ。凍りついた床の上に残るマギーの足跡を発見し、不審者はこの部屋に自分以外の人間がいることに気づいたのだ！

その人物はふり返り、発煙筒を高く掲げて部屋の中を見まわす。マギーは赤い光からは陰になる場所で、息を殺して縮こまる。

不審者の足音が近づいてくる。おそらく手をのばせば届く場所にいる。

「————…っ」

静寂の中、発煙筒が切れて室内は闇に包まれた。不審者はしばらくウロウロしたものの、やがて部屋を去っていった。マギーは大きく胸をなで下ろす。

手に入れたスーツケースは大きくて、気づかれずに持ち運ぶことが不可能だったため、マギーはそこで開けてみることにした。

懐中電灯を点けると、スーツケースの表面にマジックで「サラ・G・ジャクソンに返送」という文字と、ロンドンの住所が書かれている。

開けると、中には衣類が詰まっていた。そして——

一番上に、不可解な染みのついたセーターがある。広げてみると、それはグレーのセーターだった。が、腹部に血を拭き取ったような跡が残っている。

(これだ——)

マギーは確信した。

彼らがこぞって探していたのは、きっとこれだったのだ。

※

「思うに、サラは殺害されたのよ」

マギーはヨハンの目をまっすぐに見つめて言った。

「そして彼らは証拠を処分したかった。Vに戻ったのはそのためよ」

5

その日のロンドンは快晴だった。まぶしい日差しが、テラスや店先に飾られた色鮮やかな花を照らし、街を歩く人々もみな明るい表情である。公園の青々とした芝生《しばふ》の上でくつろぐカップルや家族連れの姿も目につく。

ダミアン・ファウルズは虚《うつ》ろな眼差《まなざ》しでそんな地上を見下ろしていた。しわくちゃのシャツの裾《すそ》と、ぼさぼさの前髪が風に揺れる。身なりはだらしなく乱れ、眠れずに疲労が溜まっているのか、目の周りに隈《くま》ができていた。

彼はぼんやりと足下の街路を見つめながら携帯電話を取りだした。番号を入力し、耳に当てる。

電話はなかなかつながらなかった。が、しばらくして相手が通話に出る。

「…私だ。ダミアンだ。今、ロンドンのアパートの屋上にいる」

ダミアンは感情の失われた声で、一方的に淡々と告げた。

「ポラリスの中にプレゼントを置いてきた。おまえが始末したと思っていたものだが、実はまだ始末されていない。私が望むのは、おまえが毎朝目覚めたときに、もしかしたらあれが、今もあそこにあるんじゃないかと思うことだ。氷が溶けた時、何も知らない隊員たちはあそこに行き、あれを見つけるだろう。そうしたらおまえがサラ・ジャクソンや私たち全員に何をしたのか、みんなが知ることになる」

電話の相手は絶句したようだった。それは死者を悼《いた》む人間らしい感情からではなく、この先自分の身に降りかかる災難を予想した結果だろう。それでいい。

「おまえに罪悪感がないことは知っている。だが恐怖はどうだ？　…さらばだ。永遠に」

ためらいはない。

通話を切らないまま、ダミアンは五階建てのアパートの屋上から身を投げた。

二度と罪の意識に苛《さいな》まれることのない、永遠の自由に向けて。

※

裾に赤と白のラインが入ったグレーのセーター。

その腹部についた血痕を見つめ、マギーはショックを受けていた。その時、腰に携帯していた無線が鳴り、アーサーの声がその場に響く。

『通信室を見つけた。だが何も残っていない。雪と崩落した資材によって完全に破壊されている。戻ったほうがいいと思う』

『了解』

ラモンとアキの声が応じる。

我に返ったマギーは、セータを丸めると自分のウェアの中に押し込んだ。

「了解」

無線に向けて答え、廊下に出て歩き出したとたん、暗闇の中で人と鉢合《はちあ》わせる。

「マギー？」

「誰!?」

「僕だよ…っ」

ライトを向けた先にはアキの顔があった。マギーはホッと息をつく。

「懐中電灯は？」

「電池が切れちゃって…——こっちだ」

アキは発煙筒をつけると、食堂に向けての道を歩き出した。

一方、無線機ではアーサーがくり返しアニカに呼びかけている。

『アニカ？　アニカ？　聞こえるか？　アニカ？』

マギーはアキと不安な顔を見合わせた。

「アニカ？」

「アニカ！」

二人で声を張り上げ、発煙筒で廊下を照らして探しながら、急いで食堂へ戻る。すると、食堂の中を照らしたマギーのライトの先に、アニカの姿が浮かび上がった。

「アニカ！」

彼女はサラ・ジャクソンの遺体の横に座っていた。そして焦げた遺体をじっと見つめている。物思いにふけっている様子だ。

「大丈夫？」

マギーがそっと肩に手を置くと、彼女はぼんやりとつぶやいた。

「あの…道に迷ったの…。私、道に迷っちゃって…。…サラには二人の娘がいた…」

その時、食堂の入口にアーサーとラモンが姿を見せる。二人とも発煙筒を手にしている。

「アニカ！」

「ここにいるわ」

自分のことで騒ぎになっているというのに、彼女は遺体に心を奪われているようだった。いずれにせよこの遺体には検視が必要だ。そんな思いから、マギーは皆に切り出した。

「サラの遺体を家に帰してあげない？」

「…そうね」

少し間を置いてアニカがうなずく。

「そう、それがいいわ」

その瞬間、アーサーとラモンは不審な目配せを交わした。

「荷台に充分なスペースがない」

渋るアーサーに、アキが肩をすくめる。

「いや、あるよ。装備を幾つか捨てればいい」

「…………」

アーサーとラモンは明らかにいやがっている。しかしノーと言うだけの理由もない。

アーサーが渋々うなずいた。

「…わかった。いいだろう」

アルミニウムの保温シートで包んだ遺体と共に基地の外に出た五人は、運搬用ソリのひとつを整理してスペースを作ると、そこにストラップで遺体を固定した。

ラモンがつなぎ目をチェックする。

「これで大丈夫だ」

「よし、次はテントだ。それが終わったら引き上げるぞ」

アーサーの指示に男達がテントに向かう。

しかしアニカは雪に埋もれたポラリスVを見つめたまま立ちつくし、何かをつぶやいていた。

「アニカ！」

アーサーが、懸念《けねん》と苛立《いらだ》ちが入り交じった様子で彼女を呼ぶ。それでも彼女は動かない。

代わりにマギーが動いた。

ゆっくりアニカに歩み寄る。

「アニカ？　大丈夫？」

彼女の様子は明らかにおかしかった。近づきながら、その虚ろな目つきに気づく。

（これは…！）

有名な「南極の凝視」――T3の症状だ。

アニカの手は震えていた。そしてブツブツとつぶやいているのは…

※

「ドリームケーキ、チェリーパイ、チーズケーキ…」

「彼女がそう言ってたって？」

ヨハンはマギーの言葉にピンときたようだった。立ち上がり、部屋のなかを歩きまわる。

「正しくはブルーベリーだ。月曜はデニッシュドリームケーキ、水曜はブルーベリーパイ、金曜はチーズケーキ…。ポラリスVのデザートメニューだよ。彼女はいつも食堂の隅に一人で座っていた。うつむいて、何かメモを取っていた。ずっと仕事をしていたんだ」

うろうろしていた彼は、テーブルに腰を引っかける。

ここはマギーの部屋である。だいぶ体調が回復したため、病室から移動したのだ。

マギーはベッドに座り、過去を思い出す彼を見守った。

「あなたはそこで彼女に出会ったのね」

「あぁ。私は夏の終わりに引き上げることになっていたから、思いきって話しかけてみたんだ。彼女は第一声でこう言ったよ。『いつもあのまずいケーキを食べてる人ね』って。だから一切れ奢《おご》って、本当にまずいか確かめてもらったんだ。次に彼女に会ったのは、冬が終わってから。救出の後だ。病院に彼女の見舞いに行ったよ。正直、彼女がどうなっているか予想もつかなかった」

「どんな様子だった?」

「ああいうのは以前にも見たことがあった。わかるだろ? 南極を離れても…心の中ではまだ離れていないというか…」

ヨハンはどう説明をすればいいのか、迷っているようだ。

「私はお見舞いにブルーベリーパイを持っていった。そしたら突然、彼女が笑い出したんだ。『でも今日は金曜日よ!』って。私がぽかんとしてると、思い出させてくれた。金曜日はチーズケーキの日だって。だから私は彼女を病院から連れ出し、二人でカフェテリアに行って、チーズケーキを買ったんだ。最悪で、ひどい味だったけど、そんなのどうでもよかった。またお互いを見つけたんだから…」

ヨハンは宙を見つめ、目元を和《なご》ませる。

「…アニカが見つかるといいわね」

マギーが相づちを打つと、彼は我に返ったようだった。ばつが悪そうに咳払《せきばら》いをする。

「だが、なぜ彼女はそんなことを言ったんだろう?」

「T3のせいで記憶がおかしくなったんだと思う。きっと生存本能よ。安全だと思ってた過去まで、身体《からだ》が記憶を巻き戻したのね」

その時、ヨハンの無線機が鳴った。ガスからだ。

『吹雪《ふぶき》はあと数時間でおさまるようです。危険がなくなり次第、捜索隊がポラリスＶに向けて出発します』

ヨハンは無線に応じる。

「わかった。頼む」

いよいよ捜索隊が出るというのに、喜ぶ気持ちにはなれなかった。

もし彼女がポラリスＶにいなかったら？

もし彼女があそこにたどり着けていなかったら？　たどり着けたとしても、飢えるか、凍るしかなかったとしたら？

凄惨《せいさん》な話を聞き続けたせいか。あるいはアニカの様子がおかしくなり始めていたことを知ったせいか。悪い予感ばかりが胸を苛《さいな》む。

祈るように両手を組むヨハンに、マギーが気遣わしげな目を向けてくる。

気持ちを立て直し、ヨハンは続きを促した。

「それから？　サラ・ジャクソンの遺体をこの基地に持ち帰ってから、何が起きた？」

「すべてがぼんやりしているの。私たちは…ポラリスⅥに戻って…」

マギーは必死に思い出そうとする――

※

「マギー、大丈夫？」

アキが声をかけてくる。

マギーはハッとした。黒焦げの遺体に起きたことを推測しているうち、すっかり意識が呑《の》み込まれてしまったようだ。

ポラリスⅥの診療室である。遺体は現在ストレッチャーの上に置かれ、マギーの検視を待っている。だが実のところすでにＶですませてしまっている。

おかしなことに、マイルズやニルスの検視の際には頼んでもいないのに首を突っ込んできたアーサーが、この遺体に関しては立ち会おうとしなかった。死因を知っているせいだろうか？　そして追及されたくないことでもあるのだろうか？　疑念はますますふくらんでいく。

「マギー？」

心配そうなアキに、マギーはうなずいた。

「ええ。私は平気」

「――――」

なおも不安げな彼の前で、マギーは脱ぎ捨てたスノースーツに手をのばす。

「私、ポラリスVでこれを見つけたの」

スノースーツの中からグレーのセーターを取り出して渡すと、彼は顔色を変えた。

「…これは何?」

「もしそれがサラの血なら、彼女は殺されたことになる」

「それが一連の殺人の原因?」

「………!」

マギーはひらめいた。

「そう、きっとあのなかの一人が殺人者なのよ。全員が何かしら関わってはいるけど、殺人を犯しているのは一人だけ。そして他の人はそれが誰だか知らない——」

「だからそいつは、みんなの前で僕らを殺せなかったのか。それなら、僕らが二人だけになるのを待ってるんだろうな」

「ええ、そう——」

「——」

二人の間に沈黙が下りる。

自分達が、今まさに殺人者の望んでいる状況に身を置いていることに気がついたのだ。

ごくりとツバを呑み込んだ——その瞬間、診療室のドアのハンドルがゆっくりと動いた。

誰かがドアを開けようとしている。

アキが駆け寄り、開きかけたドアを押し戻して鍵《かぎ》をかけた。

「誰⁉」

誰何《すいか》するも相手は答えない。いよいよ怪しい。

ドアの向こうの人物は、力を込めてハンドルをガチャガチャと動かす。しかし鍵がかかっているのを察したのだろう。突然、動きが止まった。

「――――」

マギーはアキと顔を見合わせる。諦めたのだろうか？

ドアに耳を当てて廊下《ろうか》の様子を探ろうとした、そのとたん。

ドーン‼

激しい音がして、ドアが大きく揺れた。マギーはぎょっとして飛び退く。どうやら体当たりをしているようだ。

「まかせて！」

アキが走り寄り、両手と身体全体でドアを押さえにかかる。が、ドアはふたたびドーン‼と大きく揺れた。このままでは壊されてしまう。

アキはその場を離れ、医療用品をのせた重いキャビネットを押してドアの前へと移動させた。マギーは診療室の診察台をキャビネットの後ろに置き、車輪を固定させる。これで鍵が壊れてもドアが開くことはないだろう。

何度か体当たりをくり返していた相手は、力ずくでは入れないことに気づいたようだ。ようやく静かになった。だが緊張を解くことはできない。襲撃者がまたいつドアを開けようとするかわからないからだ。

　一分、二分…息を潜めて待つも何も起こらない。アキが沈黙を破る。

「入ってこられないさ」

「きっと戻ってくるわ」

　マギーは手術用の器具や薬品が並ぶ補助テーブルに向かい、プロポフォールの瓶《びん》を取り上げた。全身麻酔《ますい》や鎮静剤に使われる薬品だ。

「注射器を取って」

　引き出しを指さして言うと、彼はそこから未開封の皮下注射器を数本取ってマギーに手渡した。

「ゾウを眠らせる量のプロポフォールがあるわ」

　説明をしながらマギーは小さな注射器に薬液を吸い取り、アキに渡す。

「作戦を立てたの。大した作戦じゃないけど…」

「どんな？」

　マギーは自分の思いつきをアキに話した。今度はこちらが殺人者を追い詰める番だ。

「…だから犯人が戻ってきたら、これを。それでこの悪夢は終わるわ」

　説明にアキははっきりとうなずいた。

「わかった」

　しかし――張りつめた視線を交わし合い、いざ実行に移そうとした時だった。

バチン！　と音がして、突然基地の電力が落ちる。照明がちかちかと瞬き、やがて完全に消えてしまった。代わりに廊下の非常灯が点灯する。

しかし診療室には非常灯がないため、真っ暗になってしまった。おまけに照明よりももっと切実な問題がある。

数分後、アキは温度調節器をチェックして深刻な表情になった。

「…一五度。さらに下がってる」

「あいつが電力を切ったのね。暖房も…」

マギーがくやしそうにつぶやいた。

通常、基地内は暖房によって二十度前後に保たれているが、ほんの数分でこれである。

「この部屋は断熱してあるから、まだ少し時間がある」

「ヒューズはどこ？」

「通信室だ」

アキの答えはマギーから望みを奪った。

通信室に行くにはこの部屋から出なければならない。それこそが犯人のねらいだろう。

「やつは私たちをおびき出そうとしてる。どうする？」

「とりあえず防寒だ」

アキは毛布や手術着、シーツなど、診療室内にあるもので保温に使えそうなものをかき集めながら言った。二人でそれにくるまり、この先の作戦を考える。だが気温の下がり方は二人の予想をはるかに超えていた。

頑《かたく》なに立てこもるうちに診療室内は零下《れいか》になってしまう。

アキはトレイの上で医療用アルコールを染みこませた包帯を燃やし、即席のストーブを作った。しかし、ふと傍《かたわ》らを見るとマギーがうとうとしている。

アキはあわてて彼女の肩を揺さぶった。

「マギー！　マギー！　眠っちゃダメだ！」

「…………！」

ハッと目を開いた彼女は強く頭を振った。くちびるが青くなり、震えている。

「眠ったら、二度と目が覚めないかもしれない。わかるな？」

真剣なアキの顔を見るまでもなく、そのくらい心得ている。しかしどうしても身体が言うことをきかないのだ。力が抜け、まぶたが重くなってくる…。

アキが励《はげ》ますように言った。

「じゃあ何か話そう」

「話すって？　何を？」

今にも眠ってしまいそうな彼女の注意を引こうと、懸命になる。

「君はここから出たら何をする？」

「診療室を出たら…？」

ぼんやりとした答えに「ちがうよ」と力強く答えた。

「本当の意味で出たらだよ。家に帰ったら」

「家に帰ったら…」

マギーはしばし黙り込む。彼が希望を持たせようとしてくれているのはわかる。しかしこの恐ろしい状況の中では、すぐに未来を想像することができなかった。

でももし、ここから生きて帰ることができたら――真っ先に頭に思い浮かんだのは、自分を見送ってくれた妹の姿だった。

「妹とビールを飲みに行って、初めての南極越冬の成功を祝うかな」

「僕は氷を一トン買って溶かすよ。復讐《ふくしゅう》だ」

思いがけない冗談に、マギーはつい笑ってしまう。と、脇腹に鋭い痛みが走った。

「いたた…笑わせないで…」

脇腹を押さえて笑うマギーを、アキは「ごめん」とつぶやいて間近から見つめる。

「ここを出たら僕は…ただ何かに没頭したい…。何かに…誰かにね…」

「…アキ…」

視線を揺らす彼女の様子に、アキは瞳を曇らせる。

「僕のことが怖いんだね」

「いいえ、そうじゃなくて…」

「じゃあ何?」

「将来の計画なんて立てられない」

「立てられるさ」

楽観的な言葉に、マギーはカッとなった。

「私たちは忌々《いまいま》しい氷の真ん中に捕らわれているのよ？　ここから出られなくて、最後は寒さで死ぬか、外にいる殺人者に殺されるか…それともエリックが暴走するか、電力がなくなるか、すべてが終わるのを待ちながら、みんなおかしくなるかもしれないの…！」

何日も途切れない緊張と苦痛に、神経はすっかりまいっていた。ひどく感情的になっていると、わかっていても止まらない。

「………」

二人の間に沈黙が下りた。マギーは荒い息に肩を上下させる。怒りのままにまくしたてたことを後悔《こうかい》していると、アキが顔を近づけてきた。

「僕たちは死なないよ」

「そんなの、わからないでしょ…」

「僕たちは死なない」

くちびるに吐息がかかる距離で、彼はくり返す。マギーは目を閉じた。

「口で言ってもその通りにはならないわ」

くちびるがふれる。それは、気持ちと決意を伝えるキスだった。

顔を離すと、二人は見つめ合う。

「――僕が行ってくる」

「ダメよ」

しかしアキは迷いを吹っ切るように立ち上がった。

「君の言う通りだ。ここにいて、すべてが終わるのをただ待ってるわけにはいかない」

数分後、マギーとアキはそれぞれプロポフォールの入った注射器を手に、診療室から足を踏み出した。不気味なほど静まりかえった廊下を、おそるおそる進んでいく。

通信室に着くとドアが半開きになっていた。照明がついていないため、中の様子はわからない。

「ここで待ってて。ちょっと見てくる」

「わかった」

アキは注射器をしっかりとにぎりしめ、懐中電灯を手に通信室に入っていった。しかし誰もいない。

ヒューズボックスはすぐに見つかった。カバーを開けてスイッチを幾つか上げると、基地の電力が回復する。

「暖房がついた」

廊下のマギーをふり返った瞬間、何者かが目の前まで迫ってきた。

「―――!?」

ピッケルが耳元でブン！　と音を立てる。かろうじてかわすと、ピッケルは壁に当たり、火花が散った。

防寒具のコートをまとい、フードを目深《まぶか》にかぶっているため相手の正体はわからない。アキはその人物に突進し、もろともに床に倒れ込んだ。

揉《も》み合う気配に気づき、注射器を手にしたマギーが飛び込んでくる。彼女は襲撃者めがけて注射器をふりかざした。

「この……！」

しかし相手は寸前でそれに気づき、アキの身体《からだ》を盾にする。マギーが失敗に気づいた時には、注射器はアキの背中に刺さっていた。悲鳴が上がる。

「アキ!!」

駆け寄ろうとするも――その向こうで襲撃者がゆらりと立ち上がる。マギーは、ピッケルを持った相手と目が合ったように感じた。フードの奥に隠れて見えないものの、自分が狩る側から獲物の側にまわったことを、一瞬で理解する。

本能的に踵《きびす》を返し、走り出していた。

肺がはち切れそうなほど息を吸い、基地内を全力で走って逃げる。無我夢中で逃げ、食堂に飛び込んでいくと、そこにはエリックがいた。一人で部屋に引きこもっていたはずの彼が、カウンターの上に残る食べ物をかき集めている。

マギーはそちらに向かった。

「助けて、エリック！　助けて、お願い、お願いよ！」

　しかし彼は、だまれとでも言うかのように、口に人差し指を当てて険しい形相《ぎょうそう》を向けてくる。おまけに銃をつかむとマギーに向けてきた。

「ダメ、やめて！　ダメよ、エリック！」

　恐慌状態のマギーには目もくれず、彼はだまって厨房《ちゅうぼう》に入り、後ろ手にドアを閉め鍵をかけてしまった。何も見たくないし、知りたくもないと、態度で示している。

　マギーは厨房のドアを必死にたたいた。

「開けて！　中に入れてよ、この臆病者！　入れて！」

　しかしドアはうんともすんとも言わない。マギーは絶望的な気分になりながら、別の場所に向かうしかなかった。どこへ行こう？

　考えながら走り込んだのはラウンジだ。左手にバーのカウンター、そして正面にガラスのパネルに仕切られたジムがある。

　逡巡《しゅんじゅん》の末、マギーはジムに向かい、小さなウェイトと縄跳びを一本ずつ持って、ジムの奥にあるサウナに入っていった。サウナのドアには数センチ幅の小さなのぞき窓がついている。つまりこちらからはジムとラウンジの様子を視界に入れることができる。が、相手からこちらはすぐには見つからない。

　マギーはセーターを脱いでサウナのヒーターをつけた。室内の温度が上がってくるにつれ、白い蒸気が広がり始める。マギーはウェイトをつかみ、じっと待ちかまえた。ねらい通り、ほどなく蒸気が充満し、室内はほとんど視界がきかなくなる。

マギーが窓からのぞくと、防寒服の相手はラウンジにいた。マギーを探しているようだ。やがてついにサウナのほうへやってくる。

マギーはベンチに座って待ちかまえた。サウナのドアが開く。中は蒸気で満たされているため、互いに姿が見えない。相手が手を振って蒸気を払うと、わずかに視界が晴れる。マギーが見上げる前で、ついに襲撃者はうっとうしげにフードを取った。

「ラモン……」

衝撃を受けるマギーに、彼は暗い声で応じる。

「悪いな」

彼はピッケルを手に、一歩、また一歩と近づいてきた。しかし、部屋の真ん中まで来た時、マギーの目がぎらりと輝く。獲物は罠《わな》の上にいる。今だ！

マギーが縄跳びの端を引くと、ラモンの片足に、あらかじめ仕掛けておいた縄跳びが引っかかった。

「――――!?」

次いで強く引っ張ると、彼は足を取られて倒れ、ピッケルを落とす。

マギーはウェイトを投げ、あやまたず彼の顔に当てた。悲鳴が上がる。マギーは彼の身体を飛び越え、ふたたび逃げようとした。――しかし、ラモンがマギーの足をガシッとつかむ。

「きゃぁ！」

バランスを失い、倒れてしまったマギーは、強い力でサウナの中に引きずり戻された。彼はその上に馬乗りになり、首に手をかけて締め上げてくる。

もがき、息をしようとラモンの腕をつかむも、その手は鉄でできているかのようにビクともしなかった。

「…………っっ」

息ができない苦しさと、迫り来る死の恐怖に涙が流れ出す。

しかしその時、一縷《いちる》の望みを託して床に這《は》わせた手が、固いものにふれた。先ほど投げつけたウェイトである。マギーは考える前にそれをつかみ、最後の力を振りしぼってラモンの頭にたたきつけた。

「ぐぁ…」

うめき声と共に首の圧迫が消え、肺がめいっぱい空気を吸い込もうとする。マギーはぜいぜいと喘《あえ》ぎながら、床の上で頭を押さえてうめく相手に、再度ウェイトを振り下ろした。

グシャ！　という音がして骨が砕《くだ》け、血しぶきが飛ぶ。再び振り下ろす。何度も何度もくり返す。

相手が完全に動かなくなるまで、マギーは死にものぐるいでウェイトを振り続けた。

「…はぁ…はぁ、…はぁ…」

我に返った時には床に血だまりができ、当たり一面に血しぶきが飛び散っていた。マギーはへなへなとくずれ落ちる。

手も服も、血でぐっしょりとぬれている。顔にまで跳ねている。床に転がったラモンの頭は一部が陥没し、血まみれの肉塊《にくかい》となっている――

※

「――――!!」

マギーは悲鳴を上げた。

血まみれの現場と、真っ赤に染まった自分の手のひらとを思い出して強いショックを受け、ぼろぼろと涙をこぼす。

「私が殺したの…、私がラモンを殺した…!」

椅子《いす》の上でひざを抱え、マギーは打ちのめされ、身体を丸めて泣き伏した。

「私が…っ」

ヨハンとミッケは彼女に近づき、肩に手を置いて落ち着かせる。

「しかたない。そうするしかなかったんだ」

「マギー、しっかり…!」

泣きじゃくるマギーに声をかけ、ミッケが顔を上げた。

「ヨハン、もうこんなのダメです。彼女がどんな目に遭《あ》ってきたか、わかったでしょう!?」

「…あぁ」

「これで終わりにしてください」

きっぱりとしたミッケの言葉に、ヨハンも同意する。自分でもやり過ぎたと感じていた。

しかし、後のことをミッケにまかせ、部屋を出ようとすると、マギーが頼りないおももちでヨハンを呼び止める。

「どこへ行くの…?」

涙にぬれた頰《ほお》が痛々しい。ミッケが優しくなだめた。

「マギー、君が経験したことを考えると、もうこれ以上、君に話させるわけには――」

「ダメよ!」

マギーは大きな声で言った。瞳はぬれて真っ赤に充血しているが、強い意志と覚悟を宿している。

「終わらせましょう。私は知る必要があるの。知る必要があるのよ…!」

「――」

ヨハンはミッケを見る。ミッケは困惑を交えながらもうなずいた。

マギーが自分で決着をつけたいと望んでいるのだ。頭ごなしに却下《きゃっか》できないのだろう。

扉を閉め、ヨハンは椅子に戻ってゆっくりと腰を下ろす。

※

サウナでぼう然と座り込んでどのくらいの時間が経ったのか。

気がつけば入口にエリックが立っていた。凄惨《せいさん》きわまりない光景を目《ま》の当たりにして青ざめている。

マギーは立ち上がり、彼のほうへ向かった。

「続きをやりに来たの？」

深い怒りを込めて見上げるも、彼はぼう然としたきり何も答えない。

「やればいいじゃない！」

マギーは声を張り上げた。恐怖や罪悪感よりも、今は怒りが勝る。食堂で助けを求めた時に応じてくれていれば、こんなことにはならなかったかもしれないのに！

「…………」

エリックは激情の眼差《まなざ》しから気まずそうに視線を逸《そ》らした。

「どうぞ。だんまりを決め込むがいいわ！　その腐った口を閉じていればいい。その間、あんたの沈黙のせいで人が死に続けるのよ！」

「…しかたなかった…」

エリックはようやく、それだけを口にした。ひどく心許《こころもと》ない、弱々しい返答だ。

マギーの怒りは晴れなかった。

「エバがあなたに助けを求めた時も、そう言ったの？　黙ってろとも言ったんでしょ。そしてエバは死んじゃったのよ！」

現実から逃げ続けるエリックに、マギーは軽蔑《けいべつ》の眼差しを向ける。傍《かたわ》らをすり抜け、エリックをその場に残してラウンジに出ていく。

ふり向きもせず歩くマギーの背後から、エリックのすすり泣きが聞こえてきた。

マギーはいまや満身創痍《まんしんそうい》だった。ラウンジから廊下《ろうか》に出たとたん、めまいを覚えて片手を壁に置き、身体《からだ》を支える。呼吸を整えてからふらふらと歩き出した後、白い壁には血まみれの手の跡が残る。

通信室まで戻ると、アキがうつ伏せに倒れているのが目に入る。マギーは急いで彼のもとに向かう。

「アキ！　アキ！　アキ！」

肩を揺さぶって呼びかけると、彼は短いうめき声を上げた。生きている。

マギーは安堵《あんど》のあまりドッと力が抜けた。

「アキ！　大丈夫、私よ！　心配ないわ。ねぇ、しっかりして。ねぇってば！」

声をかけながら、様々な感情が昂《たかぶ》って泣き出してしまう。

「…なに？」

ぼーっとした様子で目を覚ました彼は、次の瞬間、目を瞠《みは》って飛び起きた。

「マギー!?　どうした!?　大丈夫か!?」

何しろ現在、マギーのシャツと手はラモンの血でべっとりと汚れている。おまけに泣いている。

「…私の血じゃないの…」

しゃくり上げながら伝えると、彼は何が起きたのかを察したようだった。

「…大丈夫だよ。大丈夫だから…」

「あれはラモンだった」

報告するマギーを、彼は抱きしめてくる。

「大丈夫──」

穏やかな抱擁《ほうよう》が、今にもはち切れそうだったマギーの興奮を少しずつ鎮めていく。恐ろしい罪悪感をなだめてくれる。

しばらくの間、二人は何もかも忘れ、かりそめの優しい時間に浸った。

しかし気分が落ち着いてきたとたん、マギーはあることを思い出す。

「サラ！」

「え？」

「行かなきゃ。…ほら、急いで！」

目を白黒させるアキをせき立てて診療室に戻ったマギーを迎えたのは、遺体に付着していた炭のカスだけが残る、空《から》のストレッチャーだった。

誰かがサラの遺体を盗んだのだ。

「そんな…嘘…！」

マギーはストレッチャーの前に立ちつくす。

まだ薬の影響が残っているため力の入らないアキは、壁に寄りかかり、よろめきながらやってきた。

「ラモンは…誰かと共謀《きようぼう》していたんだ」

「アーサー？　アニカ？」

いずれにせよ、これで何もかも水の泡《あわ》だ。

マギーは疲れ果て、敗北感に襲われてストレッチャーの上にくずれ落ちた。とたん、真っ赤に染まった自分の手が視界に入り、舌打ちをする。

「あぁ、クソッ」

マギーはシンクへと走った。水を出して夢中で手をこする。水と共に排水溝に流れていく血の筋を眺めていると、性懲《しようこ》りもなく頭が謎に挑もうとする――。

※

「なぜ彼らがサラの遺体を欲しがったのか、突き止めたいと思っていたの。でも遺体がなくなって、彼女の身に起きたことを明らかにできる見込みはほとんどなくなった…」

マギーは自室の椅子《いす》の上でひざを抱え、淡々と話した。過去と向き合い、ひとつひとつ記憶の欠陥を埋めていこうとしている。

ヨハンにできるのは、ただ話を聞くだけだ。たとえその中にアニカがなかなか登場しないにしても、いずれ彼女の身に起きたことや、居場所の手がかりとなる情報につながるかもしれないと信じ、耳を傾けるしかなかった。

「それで？　君達はあきらめたのか？　それとも他に何か手が？」

マギーはそこに過去があるかのように、虚空をじっと見つめる。

「…私たち…ラモンの部屋に行ったの。そこで何か見つかるかもしれないと思って」

「何か見つかった？」

「………」

彼女は頭に手を当てた。記憶を呼び起こそうと、懸命に考えているのが伝わってくる。

「思い出せない…。他の場所にも…ダメだ…」

「実際にその場所に行ってみるのはどうだ？　そうしたら思い出せるか？」

とたん、見守っていたミッケが非難を込めた眼差しをよこしてくる。しかしヨハンは構わずに提案した。

「私たちがラモンの部屋まで連れていったら？」

「わからない…思い出せるかも…」

それで決まった。

三人はマギーの部屋を出てポラリスⅥの廊下を移動する。ハブスペースを横切り、男性用の宿舎に向かう途中、アーサーの部屋の前を通りかかった。スタッフが出入りしていたため、たまたまドアが開いており、中にいる彼の姿が目に入る。

一瞬、マギーとアーサーの視線が重なった。

マギーは色を失い、顔をこわばらせる。アーサーは暗い表情で彼女を見つめる。気がついたスタッフがすぐにドアを閉めた。

※

アキとマギーは、ラモンの部屋に忍びこんだ。周りに気づかれないよう、部屋の明かりは点けず、懐中電灯だけで見てまわる。

まず目についたのは、壁のコルクボードに貼られた写真の数々だった。景色や静物を撮ったものは一枚もなく、家族や友人らしい人々と笑う写真ばかり。友達の多いタイプなのだろう。

次に注意を引いたのは本棚《ほんだな》だった。堅いタイトルの本がたくさん並んでいる。アキは色あせて古びた本の背に指を引っかけて取り出した。

『パンセ』のスペイン語訳本。一七世紀の哲学者ブレーズ・パスカルの著書の中で最も影響力の大きかった哲学書だ。

開いてみると、背表紙の裏ポケットに図書カードが入っていた。電子情報で書籍を管理するようになった今では、なかなか目にしなくなった代物だ。

「コンプルテンセ大学。…彼はこの本を一七年前に借りたきり、返してない」

マギーは引き出しを開け、そこに携帯電話があるのを見つけた。

「アキ」

本を手に立つ彼に、携帯電話を差し出す。

「この中に何かあるかも…」

しかし画面をスワイプしたところ、パスワードの入力画面が現れた。アキが肩を落とす。

「…ロックされてる」

「当ててみる?」

「パスワードは六桁《けた》。組み合わせはたったの百万通りだ。宝くじに当たる方が簡単だよ」

そう言いながら、彼は本棚をじっと眺めた。そしてふと気がついたようにつぶやく。

「ここにある本…、どれも比較的新しい。でもこれはちがう」

アキは手にしていたパンセを揺らす。

「彼はこの本を二十年近くも前から持ってた」

「その本に執着していたのね」

「考えたんだけど…もし彼がパスカルを好きだったなら――」

アキは本を机に置き、そこにあったメモ帳を引き寄せた。そしてそこに数字を書き込んでいく。一段目にひとつ、二段目にふたつ、三段目にみっつ…次々と書き込まれていく数字は、やがて七段の三角形を形成していった。

「パスカルの三角形。数字の配列だ。各数字は上の二つの数字の合計なんだ。この配列を使えば、暗証番号を導き出せるかもしれない…」

マギーはピラミッド状に配列された複数の数字を見下ろす。

「試す価値はあるわ」

「可能性はいくつかある。たとえば…」

アキは三角形の一番下を指さした。

「七段目に初めてミラーナンバーじゃない数字が六個出てくる。つまり1、6、1、5、2、0…」

アキの言う通りに入力していくと、軽いチャイム音と共に携帯のロックが解除され、ホーム画面が現れる。

「やった！」

壁紙は、ポラリスⅥの外でラモンがスパゲティのボウルを持ち、笑っている写真だった。ボウルの上ではスパゲティをすくったフォークが宙に浮いている――ように見えるが、それはスパゲティが凍っているためだ。

アキはメッセージアプリを開いてみた。

「最近のものはない。やり取りが全部削除《さくじょ》されている。Eメールまで」

「ギャラリーはどう？」

ギャラリーのボタンをタップすると、いくつものフォルダが表示された。どれもタイトルは数字だけ。

「でも写真や動画はたくさんあるみたいだ」

アキはひとつのフォルダを選び、タップしてみる。現れた写真を見たとたん、驚きに目を瞠った。

「これはいったい何だ!?」

スワイプして他の写真を見るも、すべて同じ内容だ。年端もいかない少年たちが性的な虐待《ぎゃくたい》を受けている、ショッキングな写真や動画である。

「ひどい…。こんなもの、誰が携帯に保存するんだ？」

「こういうのが好きってタイプの人よ。こういうクソみたいなものに興奮する人」

マギーは嫌悪感たっぷりに吐き捨てる。

一方でこれは、ラモンがなぜ事件を起こしたかを示す新たな情報でもあった。何しろ彼にとって致命的な弱みだったはずだ。もしバレたら社会不適合者の烙印《らくいん》を押され、刑務所送りになることもある。

「もしかしたら、サラにこのことを知られて…それでラモンはサラを殺したのかも」

アキの推測にマギーは首を傾《かし》げた。

「でも他の人は？　なぜ他の人も殺すの？　みんなに知られたのかしら？」

アキはその間にもギャラリーのフォルダをスワイプする。途中、マギーは声を上げた。

「待って。今の…」

アキがスワイプをやめて画面を少し戻す。そこに表示されていたのは、「ポラリスⅤ」と書かれたフォルダだった。中には基地滞在中に撮った写真が保存されている。

料理や釣りをしているもの、仲間達とポーズを取っているもの、楽しそうなサラや、マイルズとニルスが酒を飲んでいるもの、ラモンとラーズが冬至《とうじ》のパーティを楽しんでいる写真もある。

ざっと目を通した後、アキはフォルダの一番下にある最後の一枚を開いた。

集合写真だ。マギーがハッと息を呑《の》む。

「この写真――」

ポラリスⅤの食堂で撮られたものだろう。まだ新しい「HERE COMES THE SUN（ほら太陽が顔を出すよ）」の垂れ幕が壁を飾り、その下にはポラリスⅤ越冬隊の全員がいる。

アニカ、ラモン、アーサー、ニルス、マイルズ、エリック、エバ、ラーズ、ダミアン、そしてサラ・ジャクソン。

二〇一一年のサンライズディナー中に撮られたもののようだ。皆がカメラに笑顔を向けている。写真のプロパティを確認したマギーが声を上げた。

「この写真、火事があった夜だわ。サラ・ジャクソンが死んだ日よ。見て――」

マギーは写真のアーサーの部分を拡大した。彼もまたご機嫌な様子だった。裾《すそ》に赤と白のラインが入ったグレーのセーターを身につけ、笑っている。

アキがうめいた。

「あのセーターだ！」

それはマギーがポラリスⅤで見つけた、血痕のあるセーターに他ならない。マギーは血の気の失せた顔でつぶやいた。

「彼だったのよ…。アーサーがサラ・ジャクソンを殺した…」

※

「確かなのか？」

ヨハンが思わず訊き返す。

薄々察していたにしても、実際に言葉にされるとやはりショックだった。

ラモンの携帯を手に、マギーは曖昧《あいまい》にうなずく。

「そうだと思う…」

「じゃあそのセーターはどこだ？」

「私がポラリスⅥに持ってきて…診療室でアキに見せて…」

「それから?」

「…………」

突っ込んで訊くと、マギーはだまりこんでしまった。

「…思い出せない」

「思い出せ、マギー」

「やろうとしてるんだけど…」

頼りなく答える彼女に、ヨハンは苛立《いらだ》ちを露わにした。

「そうか、なら本気で考えろ」

「ヨハン――」

見かねたミッケが割って入る。

「そろそろ彼女の部屋に戻りましょう」

彼はそう言い、早くもマギーを促して部屋を出ようとしている。

遅々《ちち》として進まない真相の解明に焦れる思いで、ヨハンは重い息をついた。

※

突然、パン! と一発の銃声が聞こえた。

マギーとアキは、ハッと顔を見合わせる。

基地内で銃を持っているのはエリックしかいない。彼が誰かと対峙《たいじ》しているのだろうか？　二人はすぐにラモンの部屋を後にした。廊下《ろうか》に出て左右に首をめぐらせていると、アーサーの悲鳴が聞こえてくる。

「やめろ、エリック！　エリック、やめてくれ！　頼む、お願いだ！」

「サラの遺体はどこだ？　おい、どこにある!?」

声の方向から察するにおそらく研究室だろう。あたりをつけたアキとマギーは、急いで階段を下り、研究室に飛び込んでいく。

そこではアーサーがエリックに銃を向けられ、命乞《いのちご》いをしていた。

「エリック、銃を下ろして！」

「エリック、やめろ！」

二人の呼びかけに、彼はふり向いて怒鳴る。

「首を突っ込むな！」

「こんなことさせられないわ、エリック」

「こいつがサラの遺体にさっき何をしたか見たか？　マギー、君は正しかった。八年前にこうしておくべきだったんだ」

話している間にも、エリックはアーサーに銃を向けていた。いつ引き金が引かれてしまうかと、気が気でない。

「アーサーは国に帰って自分のしたことの責任を取るべきよ。それがサラのためだわ」

「サラに関しては同感だ。だがこいつは責任など取らない」

吐き捨てるエリックを指さし、アーサーはわめいた。

「そいつを止めろ！　頼む！」

「黙れ！　もうあんたのしたことを隠しちゃおけない！」

エリックの目は血走っている。完全に常軌を逸していた。

とにかく落ち着かせないと、とアキは忙しく頭を働かせる。

「私は君たちよりこいつをよく知っている。こいつに忌々《いまいま》しい口を開かせたりすれば、一生後悔《こうかい》することになるんだ！」

必死に訴えてくるエリックに、アキはうなずいた。

「やらせてやれ、マギー。殺されて当然だ」

エリックの顔がかがやく。

「ほらな？　アキは私の味方だ」

そのときだった。

突然、アーサーが床に落ちていたガラス片をつかんで跳ね起き、エリックに飛びかかるや、その首を刺す！

不意を衝《つ》かれたエリックがカッと目を見開いた。アーサーはよろめきながら、彼から距離を取る。エリックの首には手のひら大のガラス片が刺さったままだ。

彼は反射的に左手で傷を覆《おお》うが、指の間から血があふれ出す。

しまった、とアキは凍りつく。彼の注意を引こうとしたのが裏目に出た。

「エリック!!」

マギーが駆け寄るのと同時に、彼は倒れて銃を落とした。空気を求め、ぜぃぜぃ喘《あえ》ぐ。

「エリック！」

床の上で脚を痙攣《けいれん》させる彼の首を、マギーは強く圧迫した。

「エリック！　エリック、がんばって！　エリック！　エリック、しっかりして！」

その光景を目にして、アーサーもまたフラフラとした足取りで壁に寄りかかる。自分の刺した同僚が死にゆく様にショックを受けているようだ。

「――――」

そのときアキは気がついた。アーサーの足下に銃が転がっている。まずい。二人の注意を引かないよう、アキは研究室の隅のほうへゆっくりと後ずさっていく。

止血の努力も虚《むな》しく、マギーの腕の中でエリックはついに息絶えた。絶望したマギーは彼の身体《からだ》をそっと床に横たえる。しゃがみこむマギーを、アーサーは見下ろした。

「…彼は…私を殺す気だった…」

「エリックを説得できそうだったのに」

「あの男は頭がどうかしてしまった」

この期に及んで非を認めようとしない相手に、マギーは視線を尖らせる。

「私が恐れているのは彼じゃないわ！」

「君も殺されるところだったんだぞ」

アーサーはゆっくりとかがみ、足下にあった銃を拾った。もはや取り繕《つくろ》う必要すら感じていないようだ。

彼はマギーに銃口を向ける。

その瞬間、アキがキャスター付きの小さなテーブルを押してアーサーに突進した。不意打ちを食らった彼ははね飛ばされ、無意識に発砲してしまう。

弾丸は壁に取り付けられた消火器にあたり——

パン！　という破裂音と共に、消火器が爆発した。またたく間に、もうもうとした白い煙があたりに充満する。視界を奪われたアーサーは、右に左にと銃を振りまわし、アキとマギーを探した。

「どこだ！　どこにいる!?」

いち早く廊下に出たマギーは、白煙の中、咳《せ》き込みながら呼吸を整える。その時、急に腕をつかまれ、恐怖に顔を歪ませた。しかし相手の正体に気づいて息をつく。

「アキ…っ」

彼はマギーの腕を引いて煙の中を進み、階段に向かった。しかし——たどり着くまでにアーサーの足音が背後から迫ってくる。

アキは手を放して言った。

「行って！」

「アキ、何をするつもり…？」

「走れ！　行くんだ！」

言葉の勢いに押され、マギーはためらいつつも一人で階段を昇っていった。

アキがじっと待っていると、激しく咳き込み、苦しそうに喘ぎながらアーサーが近づいてくる。彼はアキに銃口を向けてきた。しかしアキはすばやく身をひるがえし、階段を駆け下りる。

彼の思惑通り、アーサーは囮《おとり》を追って階段を下りていった。


一方、上の階に行ったマギーは廊下を走り、宿舎エリアに向かった。自分の両手がエリックの血でぬれていることに気づき、Tシャツで乱暴にぬぐう。

走ったために上がってしまった呼吸を整えていると、どこからか人の声が聞こえてきた。女性の声だ。廊下の突き当たりの部屋からもれているようだ。アニカの部屋である。

ゆっくりと近づいていくにつれ、言葉が聞き取れるようになった。

「…くり返します、これは救援要請です。誰か聞いている人がいたら、国際緊急対応チームに至急連絡してください。基地の衛星通信装置が壊れており、医療支援も緊急に必要です」

半開きになっているドアからのぞくと、案《あん》の定《じょう》、部屋の中にアニカの姿が見える。

懐中電灯だけを点けた暗い自室で、彼女は机の前に座っていた。マギーがドアを開けると、彼女はビクッと肩を揺らし、こちらに懐中電灯を向けてくる。

「誰!?」

恐怖で大きく見開かれた目が、こちらを見てふっと元に戻った。

「なんだ…マギー。ビックリするじゃない。…思っちゃった…。私…一瞬…、その…」

アニカは言おうとしていたことを忘れたかのように言いよどむ。目線もどこか散逸し、どこかぼんやりしている。

「何しているの?」

マギーの問いに、彼女は録音したメッセージを再生した。

『私の名前はアニカ・ルントクヴィスト博士。ポラリスⅥ越冬隊の科学研究員です…』

アニカは悲しげな笑みを浮かべる。

「こういうこと」

「大丈夫?」

「さぁ…どうかな…よくわからない…」

マギーの見ている前で、彼女はデスクに散らばった電子機器を集め始めた。

「私…たぶん…必要なのはお医者さん…。先生に診《み》てもらったほうがいいみたい…。先生に診てもらわなきゃ…ラーズはどこ? ラーズを見かけた?」

「………」

マギーは重い絶望に胸を塞《ふさ》がれる。

「…ラーズ・オーランダー先生のこと？」

「ええ、彼ならどうするべきかわかる」

「私が力になれるかもしれない。どんな気分なの？」

「ええと…そうね。私、記憶が抜け落ちていってる気がするの。私…今朝なんて三十分もブーツを履《は》くのに格闘した。どうしても入らなくて。ブーツが…、とんでもなく痛いの。それでふと気づいたら…左右逆に履こうとしていたのよ。私…忘れちゃったみたい。どっちが左で、どっちが右か…」

アニカは笑顔で話していた。今の状況にひと言もふれることなく、楽しげに話し続ける。その手はふるえ、言葉は少しもたついていた。やはりT3の症状が現れている。

「――――」

録音した機材を手に、部屋を出ていこうとした彼女の腕を、マギーはつかんでふり向かせる。

「アニカ…」

「なに？」

「ポラリスVで何があったの？」

「何があったかって？」

マギーは真剣なおももちでうなずく。

「そう。――サラ・ジャクソンに何があったの？」

「…サラに…」

アニカはどこかぼんやりした、淡い笑顔を浮かべ、マギーを見つめ返していた。

6

永遠にも続くかと思えた夜の彼方《かなた》に、かすかな光が差し込んでくる。やがて空がほんのりと赤く染まり、わずかに顔を出した太陽が、ダイヤモンドのように強い光を発した。

半年ものあいだ続いていた極夜《きよくや》が、いよいよ明けようとしているのだ。

アニカはポラリスVの正面玄関を出て、ようやくサラを見つけた。彼女は一人、南極の夜明けを見ていた。

太陽が昇るにつれ、地上に黄金の光があふれていく。光は地表の氷に反射し、視界一面がキラキラと輝いていた。息を呑《の》むほど美しい光景だ。

そして南極に暮らす人間たちが待ち焦がれた瞬間でもある。

にもかかわらずサラの表情は浮かない。少しやつれているようにも見える。

「アーサーが探しているわ。タンパク質配列決定がいつになるか知りたがってる」

アニカが声をかけても彼女はふり返らない。

「どうかしたの？」

横に並ぶと、サラは思い詰めた眼差《まなざ》しで地平を見つめてつぶやいた。

「…『矛盾脱衣《むじゅんだつい》』って知ってる？　寒さで脳の海馬《かいば》がすっかりおかしくなって、暑さを感じるようになり、急に服が息苦しくなるの。想像してみて。みんなはアルゼンチン基地へ向かう途中、素っ裸で凍りついた私を発見する――」

サラはようやくこちらを見て小さく笑った。

「試す価値あるかもしれないわね」

何て答えればいいのかわからず、アニカは言葉に詰まる。サラには悩みがあるのだ。アーサーと二人きりになりたくないという悩みが。

アニカはなるべく慎重に言葉を選んで告げた。

「…アーサーには、あなたを見つけられなかったって言うこともできる。もう少し時間が必要なら…そういうことにしておく？」

「………」

サラがまっすぐに見つめてくる。

「知ってたの？」

青い瞳は悲しげで、アニカはとたんに居心地が悪くなった。彼女は静かに続ける。

「あなたがここに私を誘った時、こうなるかもしれないとわかってた？」

「…あと数週間もすれば夏が来るわ」

答えになってない答えに、サラはまたほほ笑んだ。何のなぐさめにもならなかったのだろう。

「あと数週間…」

昇ったと同じくらいあっという間に、太陽は地平の彼方に沈んでいった。あたりは再び寒々しい暗闇に包まれる。今日は一年で昼が一番短い日だ。

アニカは一人で基地に戻る。サラはその場に残り、じっと夜を見つめていた。

※

ポラリスⅥの氷の地下道に下りたアニカは、小型の送信機を隠せる場所を探していた。

マギーはその後ろについて歩きながら、効果に疑問を呈する。

「いちおう訊くけど、それの送信範囲ってどれくらい？　こんな真冬に誰かが通りかかるなんて、本気で思ってるの？」

「非常時には非常手段が求められるって言うでしょ」

アニカは送信機にダクトテープを巻きつけると、天井に手をのばし、排気口のすぐ横にダクトテープの包みを貼りつける。

その作業を見守りながら、マギーは慎重に切り出した。

「…あそこで何があったか知らないけど、アーサーが残った私たち諸共《もろとも》ここに葬《ほうむ》りたいと思うほど、ひどいことだったのよね？」

「――――…」

アニカは答えなかった。聞こえないふりで作業に没頭し、ダクトテープがきちんと貼りついたことを確認すると、こちらをふり向いてくる。

「行きましょ」

「――――!」

マギーは彼女につかみかかり、その身体《からだ》を氷の壁にたたきつけた。

背中を打ちつけ、うめく彼女に向けて大声を出す。

「もうたくさん! 私はここで殺されるんだから、せめてその理由くらい教えてくれてもいいじゃない!」

にらみつけるマギーを、アニカは怯《おび》えた動物のような目で見る。それでも引かずにいると、しばらくして彼女は、ついに降参するようにうなずいた。

※

ヨハンはポラリスVに参加した隊員達のカウンセリング時のデータを思い出した。

あの中で彼らはサラの焼死について証言していた。

それによると、あの日――突然火事が起き、皆が取るものもとりあえず逃げる中、サラ・ジャクソンだけは救援を要請するために、基地の奥にある通信室に向かった。脱出した面々は外で彼女が出てくるのを待ったが、結局いつまで待っても出てこなかった、ということだった。

「それで、妻は何と？」

椅子《いす》に座ったヨハンは前のめりになって訊ねる。早く答えを聞きたい気持ちが、彼女のほうへ身を乗り出させる。

しかし椅子の上に胡座《あぐら》をかいたマギーは、ためらうように口ごもった。

「それは…」

「覚えていないのか？」

「…覚えてる」

マギーは視線を上げ、まっすぐにヨハンの目を見る。

「ただ、あなたが聞きたいかどうかわからなくて…」

ひたりとこちらを見据える眼差しは、実際、ひどくヨハンの不安をかきたてた。

※

八年前のその日——基地内では夏の始まりを祝うパーティが開かれていた。

天井に電飾をつけ、壁に『HERE COMES THE SUN!』の手製の垂れ幕を飾り、即席バンドが音楽を演奏し、テーブルにはサンライズディナーのごちそうが並んだ。

あと一ヶ月もすれば帰国である。隊員達の気持ちは晴れやかだった。

食後になると、それぞれダンスや歓談をしてくつろぐ。そんな中、ラモンが厨房《ちゆうぼう》から
デザートのトレイを持って出てきた。彼はワルツを踊るかのように弾んだ足取りで皆の間
をまわる。

「さぁ、お待ちかね！　南極大陸でいちばんのチーズケーキだ。はい、どうぞ――」

彼はまず、向かい合ってカードをしているアニカとダミアンのもとに向かい、アニカの
皿にチーズケーキを置いた。

彼女は嬉しそうだが、ダミアンは苦笑する。

「もう降参だ。一口も食べられないよ！」

ラモンは彼の皿にもチーズケーキを置いた。

「いいから一口食え。あまりのうまさに、冬が永遠に終わらなければいいって思うぞ」

テーブルを寄せて作ったスペースでは、ラーズがダンスをしながら、グラスに残ったス
コッチをあおっている。

「今から一ヶ月後に私が目にしたい唯一の氷は、マイタイの中に浮かんでるものだけだ」

その前でサラが笑った。

「それは楽しみね！　私は娘たちを旅行に連れていくと約束したの。あいにく娘たちはス
キーが大好きで…」

ラモンは大げさに顔をしかめる。

「この期に及んで雪を見に行くって？　マジか…」

「それが人生よ《アシ・エス・ラ・ヴイダ》」

サラは立ったまま手づかみでチーズケーキにかぶりつく。そして隣で踊るエバを見た。

「あなたはどう？　子供達と何か計画してる？」

「二人を思いきり抱きしめるのは確かね」

エバはニルスに顔を向ける。皆が少しオシャレをする中、彼だけはいつもと同じオーバーオールだ。

「ねぇ、ニルス。あなたは家に帰ったら、まず何をする？」

「家？　俺の家はここだ。地球上で一番美しいところさ」

ラーズが頭を振った。

「正真正銘《しょうしんしょうめい》の『氷中毒』みたいな発言だな」

「そうか？　じゃあ先生、俺が死んだらオーロラの下に埋めてくれ。俺はそれで幸せだ」

その時、マイルズがふらりと食堂に入ってきた。

「埋める？　ゴミはすべて持ち帰るのが規則だ、ニルス」

彼は中指を立てるニルスを無視してサラに声をかける。

「なぁ、サラ…君に…電話だ…。ラウンジに…」

マイルズは浮かない顔だった。はっきりしない口ぶりに、サラはたちまち不安に胸をつかまれる。

「シルビアかしら？　それともオリビア？」

マイルズは肩をすくめただけで答えず、酒のボトルに手をのばした。

サラはあわてた様子で飲み物を近くのテーブルに置くと、ラウンジに向かう。

食堂の出口近くでは、アニカとカードをしているダミアンが、アーサーについて話をしていた。

「彼は疲れを知らないな。食事をしてすぐに研究室に戻るなんて…」

アニカも皮肉っぽく答える。

「凱旋《がいせん》の準備をしているのよ。なるべく早く研究結果を査読《さどく》してもらって、もっと資金を集めるためにね。そうしたら規模を拡大するつもりなのよ」

「どこかでアーサーに世界を救ってもらいたくないと思ってる自分もいる。名声を得た後の彼の鼻持ちならない態度を思うと…」

「ちょっと。彼が一人で救うわけじゃないし、彼だけの力じゃないわ」

「そりゃあ我々の名前もデカデカと載るだろうよ。注釈にね」

アニカは笑った。その後、ふと食堂内を見まわして、サラの姿がないことに気づく。先ほど慌てた様子で出ていったきりだ。

何とはなし、いやな予感がして席を立つ。

「失礼――」

食堂を出たアニカは、打って変わって静かな廊下《ろうか》を進んだ。角を曲がったところで、人の話し声が聞こえてくる。見ればラウンジのドアの向こうに誰かがいるようだ。

アニカはそちらに歩いていった。近づくにつれて、中にいるのがアーサーとサラだとわかってくる。

「つまり、私あての電話はないのね？」

問い詰めるサラをアーサーがなだめていた。

「我々は偉業を成し遂《と》げたんだぞ。私はただ、君に礼を言いたくて…」

「それはどうも」

「ちがう、そうじゃない。君という人は…！」

アニカはドア窓からそっと中をのぞく。グレーのセーターを着たアーサーの背中が目に入った。彼は馴《な》れ馴《な》れしくサラの髪をなでている。彼女はひどく居心地が悪そうだ。

「私…もう本当に…行かないと…」

「ダメだ」

「もう行くわ…もう寝るところだったの」

しかしアーサーはサラを解放しようとはしなかった。それどころか、彼女の髪や顔をなでまわし、キスを求めるかのように距離を縮めていく。

サラは困ったように笑っていた。いやがっているのは明らかだ。しかし彼の絶対的な立場を思えば、はっきり突っぱねることもできないのだろう。

それはアニカも同じだった。ここで彼の機嫌を損《そこ》ねれば、アニカの将来は面倒なことになるはずだ。割って入ることに躊躇《ちゅうちょ》している間に、アーサーは彼女にささやきかける。

「しーっ…構わないだろ。いいから私に…」

キスをしようとするアーサーから、サラは顔を背けて逃げる。

「私…やっぱり…ちょっと…」

ドアに向かおうとする彼女から、アーサーは一度は離れた。室内をうろついたあげく、急に激昂《げっこう》する。

「出ていけ！　さぁ、とっとと消えろ！」

しかし——飛び上がって怯えたサラが、ドアに駆け寄ろうとした時、アーサーは腕をつかんだ。

「いや、ちょっと待て…」

「やめて…。ごめんなさい…」

「いいかい、サラ。私が君を作ったんだぞ。この私がな。だから私には、君のキャリアをメチャクチャにすることもできる…。わかるな?」

「…………」

サラは言葉を失っているようだ。立ちつくす彼女に、アーサーがキスをしようとする。

「さぁ、…いい子だ…そう、それでいい…」

しかし次の瞬間、彼女はアーサーを押しのけた。

「やめて。私にかまわないで！　放して！」

腕をふりほどこうともがく彼女を、アーサーが苛立《いらだ》たしげに突き飛ばす。

アニカは、サラが後ろに倒れ、近くのテーブルのへりに頭をぶつけるのを目の当《ま》たりにした。ガツン！　とおぞましい音をたてて、彼女は床に倒れ込む。勢いあまってバランスをくずしたアーサーもまた、その上に覆《おお》いかぶさるようにして倒れた。

「サラ…!?」

アニカはドアを開けて中に駆け込む。

アーサーは押し倒す形になった彼女の生気のない目を不審そうに見下ろした。次いで、床についた手をぬらす感触に気がつく。

サラの後頭部から流血があり、床の上を広がっているのだ。

「うわぁ…!?」

彼は跳ね起き、恐怖のあまり尻餅《しりもち》をついたまま、壁にぶつかるまで後ずさりした。彼は血まみれの自分の手をセーターにこすりつけてふく。

アニカは仰向《あおむ》けに倒れたサラに大声で呼びかけた。

「サラ!?　サラ!?　わたしを見て！」

しかしまったく反応がない。その間にも血だまりはどんどん広がっていく。

「大変…っ」

「アニカ、事故だったんだ。その…」

「あなたがやったのよ！　見たんだから…私はすべて見ていたのよ！」

瞳孔《どうこう》の開ききったサラの目にゾッとした。いま自分が何を見下ろしているのか、よくわからない。さっきまで…今の今まで元気にしていたのに…！

震える手で首筋の頸動脈《けいどうみゃく》にふれるも、脈は完全に止まっていた。心が押しつぶされる。

サラ・ジャクソンは死んでしまった。

アーサーが懸命に訴えてくる。

「私は…そんなつもりは…そんなつもりじゃなかったんだ…。ただ…彼女を押したら…」

「いいかげん、だまって！　あなたが殺したのよ…クソ！　あなたが彼女を…！」

あまりの状況に、アニカは床にへたり込んだ。頭が真っ白だ。どうすればいいのかわからない。

重い沈黙が部屋を包む。アニカも、アーサーも、しばらくぼう然とする以外なかった。

やがて静寂を破ったのはアーサーだった。

「刑務所には行けないよ、アニカ。私には無理だ」

「…あなたは報いを受けて当然だわ。罪を償《つぐな》うべきよ」

アニカは悲憤《ひふん》に満ちた眼差《まなざ》しで彼を見据える。

「こういうことに、サラはずっとつき合わされてきた。私だってそうよ！　あなたのような高名な教授たちに認めてもらうために、必死で努力してきたのよ…！」

頼りなくこちらを見つめるアーサーが腹立たしい。しかし彼が、消えようとしていた自分を見出《みいだ》してくれた人間であることもまた事実だった。

「あなたは私を受け入れてくれた。それで気づいたの。私はちがうんだ。例外なんだって。

あなたが私を受け入れたのは、私の能力や、やる気を買ってくれたからだって。あなたが雇ってくれたから、私はここまでこれたんだって！」

アニカは涙をたたえた目でサラの遺体を見下ろす。床に尻餅をつき、頭を抱える。

「でも何なのよ、このざまは？　アーサー、私たちの汗と努力の結晶が！　サラの努力まで！　ぶち壊しよ！　それもあなたがナニをズボンにしまっておけなかったせいで？　あまりにも情けないわ！　なんで私が犠牲《ぎせい》にならないといけないの？　そんなの不公平よ！　何でサラがこんな仕打ちを受けないといけないのよ。ひどいわ…！」

アーサーはだまってアニカの言葉を聞いていた。

彼女が野心家なのは知っている。そしてここでアーサーが不祥事《ふしょうじ》を起こすということは、その門下であるアニカもまた、未来を断たれてしまうことを意味していた。

彼女は良心と野心との板挟みになっているようだ。アーサーには、それがチャンスだとわかった。

「…なら、これからどうする？」

「…………」

上司の問いに彼女はしばらく沈黙する。その後、顔を上げた。

「セーターを脱いで。早く」

アーサーは言われた通りセーターを脱ぐ。

「それで、他のみんなはどうする？」

「みんなはあなたの言うことは聞かない。でも私が頼めば聞いてくれるかもしれない」

事後の処理は簡単ではなかった。気が遠くなるほどの時間と労力がかかった。

アニカはまず、パーティが行われている食堂に戻った。音楽を止め、みんなに集まってもらい、ラウンジで事故があったことを告げる。

実際にその目で現場を見てもらった結果、彼らの間に衝撃と恐怖が広がった。ひとまずサラの遺体をシーツで覆い、アーサー共々全員で食堂に戻る。

言葉を発する者はなく、食堂は重い沈黙に支配された。

ふいにエリックがアーサーの襟元《えりもと》をつかみ、拳でなぐりつける。アーサーは大きな音と共に床に倒れ込んだ。怒り心頭に発したエリックは、鼻血を出して倒れるアーサーに再びつかみかかるも、マイルズとニルスが止めに入る。

「おい、やめるんだ！」

アーサーのためではない。エリックが彼を殺してしまいかねないと感じたせいだ。アーサーはその三人から這《は》って逃げた。

その場が再び沈黙に包まれる。皆が自分の気持ちを必死に整理しようとする中、ダミアンが口を開いた。

「警察に任せるのがいいと思う。無線で知らせて、来るまで待ってりゃいい」

「ここに飛行機が着陸できるようになるまで、あと三週間ある」

壁に寄りかかり、酒のボトルをあおっていたラモンが言う。

ニルスが提案した。

「なぁ、それまで彼を洗濯室《せんたくしつ》に閉じ込めておくのはどうだ？　後は交代で見張ればいい」

「――――」

アニカは意を決して部屋の真ん中に進み出た。

「それでどんないいことがある？」

「あいつはサラを殺したんだぞ、アニカ！」

ダミアンは信じられないというように、アーサーを指さす。彼は血まみれのハンカチを鼻にあて、食堂の隅に座っている。

「じゃあみんなに質問するわ。世間に知られたらどうなると思う？　私たちの基金も、助成金も、後援者も…みんな消えるわ。世界中の大学や機関が、私たちの研究を敬遠するようになるでしょうね」

エバがあ然として言った。

「サラはあなたの友達でしょ？」

「友達だった、よ。そしてサラはこのプロジェクトのために、私たちの誰にも負けないくらい、がんばってた」

「君って人が信じられない」

ボソリとつぶやいたダミアンに、アニカはレーザー光線のような視線を向けた。

「ねえ、ダミアン。あなたはモデルを見たでしょ。試算もした。三十年後、二十年後…いえ、十年後でさえどうなるか！　今のペースで二酸化炭素を排出し続けたら、洪水、干《かん》ばつ、大飢饉《だいききん》が起こる…。私たちのここでの研究は、他に例を見ないものなのよ。そうでしょう？　おまけにまだ、やらなくてはいけないことがたくさんある。ここでやめるわけにはいかないの」

ダミアンの目に涙があふれる。彼はアニカから目を背けた。

「…やめてくれ」

「ダミアン、あなたがここに来た理由はたったひとつのはずよ。それは人命を救うため。サラのことはもう救えない。でも大勢の命を救えるの」

アニカに乗せられている様子のダミアンを、マイルズの声が現実に引き戻した。

「研究も、あんたらのうぬぼれもクソくらえだ！　俺は通報する」

マイルズはそう言ってドアに向かう。しかし――

「あなたは共犯者よ、マイルズ」

アニカの言葉に、彼はぴたりと足を止めた。

「アーサーが証言できるわ。私だってできる。あなたが言うのを小耳にはさんだわ。サラをラウンジに行かせたのはあなたでしょ？　サラに電話がかかってきていないことを知っていたくせに」

「まさか殺すとは思わないだろ！」

マイルズは激怒してアニカをにらみすえる。しかし彼女は目を逸《そ》らさなかった。

「そうね。でもこの中で一番困るのはあなたでしょうね」

「………っっ」

こぶしを握りしめ、マイルズは怒りを自制した。

「…イヤな女だぜ」

口ではそう言いつつも、元の場所に戻る。

「オーケー」

アニカは横柄《おうへい》に言った。マイルズの言葉など何とも思わなかった。なぜなら今、アニカはまちがいなくイヤな女になる必要があったからだ。

食堂での話し合いが終わった後は、まだ隠蔽《いんぺい》に賛同していない他の隊員たちを個々に説得してまわった。

皆の気持ちを落ち着かせ、サラの死の真相を伏せることに協力させるには、長い時間がかかった。はじめのうちは反発も大きかった。皆、アーサーをかばうアニカを責め、犯罪の片棒を担《かつ》ぐのはごめんだと言い張った。

しかし懐柔《かいじゅう》の手がないわけではなかった。何しろ半年もの間、密接に暮らしてきた相手である。互いに裏の裏まで知り尽くしている。アニカはそういう情報を利用した。

つまり――

エバには、エリックとの秘密の関係を夫にばらすと匂《にお》わせた。

ラモンには、彼が児童ポルノを所持していることを通報したらどうなるのかと訊ねた。

ニルスには、この事件が公《おおやけ》になったら彼は二度と南極に来られなくなると説明した。

ラーズには、彼が処方薬を仲間の隊員に密売していることを知っていると告げた。

そしてエリックには、彼以外はみんな同意していると迫った。

数日後、サラの遺体を食堂に置いて、他の隊員たちは外に出た。

張りつめた緊張の中で基地を見つめる。その中でエリックが発煙筒に火をつけた。彼はそれを、あらかじめガソリンをまいておいた雪の上に向けて投げつける。

ボッ！　と雪に火がついた。炎はガソリンを伝い一直線に基地に向かっていく。そしてほどなく、ポラリスVを炎が包み込んだ。地獄のような炎の明かりが、共犯者となった隊員たちの顔を赤く染める。

燃え盛る炎はまたたく間に基地全体に広がり——そして建物を支えていた床が崩落するのと共に、断末魔《だんまつま》のような轟音《ごうおん》を発し、地下に潜むクレバスの中へとくずれ落ちていった。

彼らの罪は雪と氷に呑《の》み込まれ、誰も手の届かない地下深くに埋められた。

基地の最期《さいご》を眺めながら、アニカはその時、確かに安堵《あんど》を感じたのだった。

※

「ウソだ…」

ヨハンは真っ青になり、信じられないと言うように首を振った。

「そんなはずない。アニカはそんな人間じゃない…！」

「その…気を悪くしないで…」

マギーがつぶやくと、ヨハンは感情を爆発させる。

「ちがう！　ちがうと言ってるだろ！」

彼は激しい怒りにまかせて壁を殴《なぐ》りつけた。騒音を聞きつけたミッケが入ってくる。

「ヨハン？　ヨハン！」

ミッケはヨハンの様子がおかしいと気づき、制止してくる。

取り乱していることは自分でもわかっていた。怯《おび》えた目で自分を見るマギーと、驚いた様子のミッケから顔を背け、ヨハンはマギーの部屋を飛び出した。

背後でミッケの声がする。

「ヨハン！」

ダミアンの葬儀に出席した際、携帯電話の発信履歴《りれき》の一番最後にあったのは、ヨハンとアニカの自宅の番号だったと聞いた。日時は彼が自殺する前だったようだ、とも。耳にした時は何かのまちがいだと思った。深くは考えず、記憶の隅に追いやった。

しかし今、思い出すことがある。アニカがダミアンの妹からだと言った、あの電話。あれは本当に妹からだったのか？　死を前にしたダミアン本人が、隠蔽を主導したアニカへ何かを伝えようとかけてきたのでは？

ヨハンはアニカの部屋に向かった。ベッドに腰を下ろし、頭を抱え、激しくうめく。

ポケットからアニカの不可思議な手紙を引っ張り出した。ようやくこのメッセージの意味がわかってきた。

血にまみれた手で、地獄に落ちても…。それが何を指すのか、もはや疑う余地はない。

「ウソだろ…アニカ…！」

ヨハンは破れた手紙の紙片を握りしめる。これはアニカなりの精一杯の告白だろう。

丸めた紙にライターで火をつけると、それをステンレス製のゴミ箱に投げ捨てる。

彼女の罪の証《あかし》は、あっという間に炎に呑まれ、わずかな炭となった。


ともあれ、ヨハンはいよいよアーサーと対峙《たいじ》するに充分な情報を得た。大事なのは冷静さを失わないこと――しっかり自分に言い聞かせ、彼の部屋に向かう。

「あんたが何をしたかわかったよ」

開口一番にそう切り出したヨハンを、アーサーはせせら笑った。

「何がわかったと思ってるんだ？」

「アニカがマギーに話してたんだ」

「又聞《またぎ》きの情報か」

「アニカがマギーに、あんたがサラ・ジャクソンを殺したと話していた」

しかしアーサーの面《つら》の皮は、こんなことではビクともしなかった。それどころか、どこか小馬鹿にするように返してくる。

「そうか？　彼女の言うことを信じたのか？」

「――――」

あっさり否定され、ヨハンはたじろいだ。が、表面上は冷静さを保つ。

アーサーは追い打ちをかけてきた。

「君の奥さんが私をクレジットから外そうとしていたのは知ってるだろ。私との共著は終わりってわけだ。私が殺人を犯したという、ただ一点を理由に、彼女が著者欄《らん》のトップに躍り出る。研究も栄光もすべて独《ひと》り占《じ》めだ。野心家というのはそういうことをする。そうだろ？　意志が強く、出世に貪欲《どんよく》で、私のようなムカつくブタの影で生きることにうんざりした女は、我々の知ってるアニカとちがうか？」

たたみかけるように言われ、ヨハンは反論できなかった。だがしかし。

「それでも、サラ・ジャクソンが頭を打って死んだ。それは否定できない」

アーサーはいやみたらしく肩をすくめる。

「否定する気もない。彼女は頭を打った。火事から逃げようとしてな」

「それは好都合だな。火事のせいってわけか」

「それが事実だ」

「だがミッケの調べでは、サラの肺に煙を吸った形跡はなかった。――火事が起きた時、サラ・ジャクソンはすでに死んでたんだ」

ヨハンの言葉に彼はうなずいた。そして自信に満ちた堂々たる態度で返す。

「だったら何だ？　誰かが彼女を殺した。誰だってあり得る。ここには飲んだくれも、精神不安定な退役軍人もいた」

「そしておまえもな。神様気取りのナルシスト。アーサー、おまえだ」

名指しされたアーサーはほほ笑んだ。まだわからないのか、とでもいうかのように。

「さっきも言ったが、マギーが君に話したことは、どれもただの伝聞だ。自分でもわかってるんだろう？」

「――……」

ヨハンは奥歯を嚙《か》みしめる。今すぐにこのしたり顔を殴りつけることができたら、どんなにすっきりするだろう？

だが…どれほど悔《くや》しくても、彼の言い分にも一理あるのは事実だった。ヨハンがどれほど認めたくなくても、このクソ野郎の言うことはもっともなのだ。

ヨハンはまたもやだまって踵《きびす》を返し、その場を去った。

ふたたびアニカの部屋に戻り、気持ちの整理を充分につけてからマギーのもとを訪ねる。

ヨハンは彼女にアーサーとのやり取りの顛末《てんまつ》を語った。

「私は君が本当のことを言ってると信じる。アニカのことだよ。私はただ、もう少し時間がほしかった。考えて…受け入れる時間が…」

「そう…」

「アニカはサラの殺害を隠蔽したかもしれないが、殺したのはアーサーだ。つまり彼には真実を葬《ほうむ》る動機があった。誰にも気づかれないようにする必要があった」

「だから彼がみんなを殺したと言ってるの？」

はじめは事情を知る隊員だけをねらっていたのかもしれない。だが彼の行為によって皆は疑心暗鬼となり、結果として他の隊員の殺人をも招いてしまった。——それが真相なのではないか。

何にせよすべての元凶となったのは、アーサーによるサラの殺害と、その隠蔽にあるにちがいない。

ヨハンは力を込めて訴えた。

「君はそれを知ってる。私も知ってる。でもそれでは不十分だろう？　世間に知らせる必要がある。それには証拠が必要なんだ。でなきゃアーサーは無罪放免だ。逃げおおせる」

「わかってる」

「頼む——」

ヨハンは椅子《いす》を押して、マギーに座るよう勧める。

「思い出してくれ。アニカがどこにいるのか教えてほしいんだ」

※

車両格納庫には一台のスノーキャットが残っていた。爆発した一台と同じようにエンジンに細工《さいく》がされていたものの、アキとラモンによって修理された車体だ。

視認性を高めるため、真っ赤に塗装されたスノーキャットを見上げ、アニカが決然とつぶやいた。

「アルゼンチン基地。スノーキャットを試さない手はない」

アルゼンチン基地にできる限り近いところまで行き、無線で救援を要請する――エバが行おうとしていたことに、もう一度挑戦するのだ。

マギーはその横で難しい顔をする。

「危険な賭《か》けね。それにたどり着けるほどの燃料が残ってないわ」

「わからないけど…足りるかもしれないわ。西の高原を突っ切れば…」

「あそこは死にに行くようなものよ。クレバスだけでも危険なのに、今は積雪で見えにくくなってるし…」

「いいえ。チャンスに賭けなきゃ。助けが必要だもの」

アニカはマギーを見つめて言った。

「私が行く」

「アニカ……」

彼女のアイディアは明らかに無謀《むぼう》だったが、唯一の希望であるのも確かだ。もしそうしなければ、夏が来るまで、どこにいるかわからない殺人者と生活を共にしなければならないのだから。

挑戦か、断念か、どちらが正しいのかはわからない。だがアニカが行くことを望むのであれば、手伝うより他なかった。

二人でうなずき合い、マギーはせめてものリスクを負う覚悟で運転席に向かう。

目を閉じ、深呼吸をして、エンジンをかけた。数回くり返すと、突然大きな回転音が上がり、エンジンが動き出す。ホッと息をつく。

アニカは格納庫のドアを開けるボタンを押した。重い金属製のドアがきしむ音を立ててゆっくりと上がっていく。そのとたん、ひどい強風が雪と共に襲いかかってきた。

「…………っ」

目を眇《すが》めて外を見た二人は、恐ろしいものを目にする。

「……マズい……」

アニカがうめいた。

夜の地平の彼方《かなた》で稲妻《いなずま》が光っている。閃《ひらめ》く光は、元から暗い空が、今は果てが見えないほど厚い雲に覆《おお》われていることを垣間見せた。

嵐だ。それも怪物級の大きな嵐が近づいてきている…。マギーはおののいた。

「あの嵐の通り道って…」

「…西の高原よ。アルゼンチン基地に行けなくなったわ――」

アニカが少し間を置いてから訊ねてくる。

「カナダ基地までどのくらい？」

「遠すぎる」

「かもね。でも少なくともカナダ基地までの間にカテゴリー5の嵐はないわ」

「アニカ…」

心配をにじませて呼びかけるも、彼女の意志は変わらなかった。

「給油をすませて。糧食を取ってくる」

※

ヨハンはマギーの部屋を飛び出した。

廊下《ろうか》を走り、まっすぐに通信室に向かうと、そこに飛び込んでいく。

パソコンの前にいたガスが、驚いてふり向いた。

「アニカは東に行ったんだ！　彼女が向かったのはアルゼンチン基地ではなく、カナダ基地だ！」

目を白黒させるガスにはかまわず、ヨハンは無線を手に取った。

「アストリッド。応答せよ。こちらはヨハン」

『どうぞ』

アストリッドは今もヘリコプターで上空からアニカを捜索している。ヨハンは祈るような気持ちで告げた。

「アニカはカナダ基地に向かったらしい。アルゼンチン基地じゃない」

『ウソでしょ…。ということは私たち、ずっとまちがった場所を探していたのね』

「最速でいつ到着できる?」

『すぐ方向転換します』

アストリッドの返答に無線を置いた時、通信室の入口で「ヨハン…」と声がした。見ればミッケと共にマギーが立っている。追いかけてきたようだ。

ヨハンは彼女にうなずいた。

「今、捜索中だ。ありがとう」

「ごめんなさい…。もっと早くに思い出すことができなくて…」

「君が悪いんじゃない」

「でも…私のせいだわ…」

悲しげに肩を落とすマギーに、力を込めて訴える。

「いいかい、君は勇敢《ゆうかん》だった。わかってるね?」

彼女が最後までアニカと一緒に恐怖と戦ったことがわかった現在、ヨハンの中に彼女を責める気持ちはなかった。

それでもマギーは暗いおももちである。彼女は甦《よみがえ》る記憶に打ちのめされているかのようだった。

「もっと思い出したの…。私は…彼を助けられなかった…」

※

マギーは車両格納庫の開け放たれた出口から、真っ赤なスノーキャットが走り去るのを見守った。激しい嵐は、刻一刻とポラリスⅥへ近づいてきている。

尽きることのない心配と不安を胸に、その黒い影に見入っていると——ふいに背後で声がした。

「アニカはどこだ?」

ふり返ると、基地に続く格納庫の入口に、疲れはててボロボロになったアーサーが立っている。その眼差《まなざ》しもまた、嵐の空のように暗く曇っていた。手にはエリックの銃を持ったままだ。

マギーは彼をにらみつける。

「…もういないわ」

「どこだ？」

「あなたのいないところよ」

銃口をマギーに向けたまま、アーサーは慎重に車両格納庫内に足を踏み入れてきた。

「こんな吹雪《ふぶき》の中に出ていったのでは、彼女は死んでしまうぞ」

「――……」

その時、マギーは気づいた。焦げて使いものにならなくなったスノーキャットの陰にアキがいる。彼は隠れてこちらをのぞき、隙《すき》をうかがっているのだ。アーサーに気づかせてはならない。

マギーはことさら挑発的に口を開いた。

「あなたと対峙するくらいなら、吹雪のほうがマシだったのね。きっと」

「この小生意気なクソアマが！」

「あなたにとっては私たちみんな同じでしょ。ただの小生意気なクソアマ。私もアニカも……サラ・ジャクソンも。女性を殺すのが、ずいぶんお好きなようだけど。ちがう？」

「――――！」

アーサーが怒りに顔を歪めた。プライドの高い彼は、年下の女に小馬鹿にされるのが我慢ならないのだろう。

しかし、そのとき。マギーは致命的な失敗をしてしまった。

スノーキャットの後ろから出てきて、アーサーに忍びよっていたアキに、つい目を向けてしまったのである。ほんの一瞬のことだったが、アーサーは異変に気づいた。

すばやくふり向いて銃を構えたアーサーに、アキは姿勢を低くして飛びかかった。

パン！

彼がアーサーの銃を払いのけたとたん、銃が暴発する。マギーはその場にかがみ込んだ。

「うぉぉぉぉぉ!!」

アキはアーサーに体当たりをしたまま全力で前進し、一緒に作業台に激突する。その衝撃で作業台が倒れ、収納されていた様々なツールが飛び散った。同時にアーサーの手からも銃が落ちる。

アキはその隙を逃さず、銃に手をのばした。しかしつかもうとした瞬間、ドスッと脇腹に衝撃を受け、鋭い痛みが生じる。見れば一本のスクリュードライバーが、柄の部分まで深く脇腹に埋まっていた。

刺したのはもちろんアーサーである。

アキは銃を落とした。喘《あえ》ぐように息を吸い、一歩、二歩…とゆっくりと後ろに下がる。

「――――…！」

ショックのあまり、マギーは両手で口を塞《ふさ》いだ。

加害者のアーサーでさえ、目の前の光景に息を呑《の》んでいる。

ふらふらと歩いていたアキは、がくりと床にくずれ落ち、両膝をついてうめいた。

アキはマギーに向け、叫んだ。

「逃げろ!! 逃げるんだ…!!!!」

その叫び声に、マギーだけでなくアーサーも我に返った。彼は床にある銃をすばやく拾い上げる。

マギーは踵《きびす》を返して走り出した。

そのまま全速力で廊下を走り、階段を駆け上がる。廊下の曲がり角にさしかかる直前、階段からアーサーが姿を現した。彼はマギーに向けて発砲するも、狙いを外す。白い壁に銃痕が刻まれた。

マギーはそのまま食堂に走り込んでいくと、ビュッフェカウンターの後ろに潜り込んだ。後を追ってきたアーサーが食堂に入ってくる。彼の激しい息づかいが聞こえてきた。食堂をうろつく相手がカウンターに近づいてくる気配を感じ、マギーはひそかに厨房《ちゆうぼう》へと移動しようとする。

しかしその動きは気づかれてしまった。

厨房はアイランドキッチンになっている。中央にある作業テーブルの陰に身を潜めていると、アーサーが入ってきた。

「全部、君のせいだぞ。死ぬ必要のないやつらまで死んじまった。だが君はポラリスVについて詮索《せんさく》せずにはいられなかった。ポラリスVで起こったことは事故だったんだ。だがもはやそれはどうでもいい…。どうせ真実は明るみに出ない。警察が到着する頃、ここに残っているのは私だけだ。この私だけだ！」

アーサーが厨房の中をうろつき、ご託を並べている間、マギーは見つからないよう四《よ》つん這《ば》いで移動する。その時、テーブルの上に、ラモンのブルートゥース・スピーカーが残されていることに気がついた。

アーサーがふり向けば確実に視界に入ってしまうことも覚悟の上で、マギーは慎重にスピーカーに手をのばす。幸い、アーサーは気づいていない。

「君が犯した事件の忌《い》まわしい真相を、すべて話してやろう――」

マギーは何とかスピーカーをつかむと、ゆっくりそれを自分のほうに引き寄せた。が、その時。

スピーカーのワイヤーがスプーンをひっかけてしまう。

ガチャン！

床にスプーンの落ちる音に、アーサーはすぐに振り向いた。

スピーカーを持って走り出すと、複数の銃弾が飛んでくる。マギーは猛然と走った。廊下を走り、地下に向かう階段を見つけて駆け下りる。赤色灯に照らされた地下から、氷の地下道へと降り立った。

まっすぐその中を進み、スピーカーを地下道の奥まったところに置くと、マギーは照明のスイッチを切った。

真っ暗になった地下道で、入口近くの物陰に隠れる。そして待っていると、アーサーの足音が聞こえてきた。地下道にやってきたようだ。

マギーは手にしていたMP3プレーヤーの再生ボタンを押した。突然、大音量の音楽が地下道の奥で響く。せまい氷の壁に反響し、耳に痛いほどだ。

アーサーは音の出る方――スピーカーの置かれた奥に向けて歩いていく。

(今だわ……!)

入口近くに潜んでいたマギーは、ドアに向かって一目散に走った。

その意図を察したアーサーがふり向いて叫ぶ。

「よせ!」

外に出たマギーは、スライド式のドアを思いきり閉め、すばやく鍵《かぎ》をかけた。アーサーがドアを開けようと、ドアノブをガチャガチャと上下させる。それが無駄と悟ると、彼はドアノブに向けて発砲した。しかしすぐに銃弾が切れてしまう。

彼は銃を投げ捨て、体当たりをしてきた。二度、三度…そのたびドアが大きく振動する。

「おい!　このドアを開けろ!　おい!　ドアを開けろ!　わかってんのか!　ぶっ殺すぞ、このクソアマめ!　おい!」

ヒステリックなわめき声がドア越しに聞こえてくる。

マギーは最後の力を振りしぼり、横にあったキャビネットを動かしてドアをふさいだ。

…これで彼は、少なくともここから出てくることはできなくなる。

力尽きてへたり込みそうになる自分を叱咤《しった》し、マギーはふらふらと上の階に戻っていった。撃たれた脇腹がひどく痛む。

どこかに隠れる場所はないだろうか。アーサーは、もしかしたら抜け道か何かを使って地下道を出るかもしれない。そうしたらもう終わりだ。

よろめきながら来た道をたどり、厨房に戻ったマギーは、金属製のスチール棚《だな》を倒した。置かれていた食品や器具類が、床に落ちて大きな音を立てる。

棚はアイランドキッチンに引っかかり、つっかえ棒のようにしてドアを塞いだ。

(でも…もしそれでもアーサーがやってきたら…？)

尽きぬ不安に苛《さいな》まれ、マギーはとりあえず目についたナイフを手に取った。そして食器棚のドアを開ける。幸いなことに、そこには人が一人くらい入れるスペースが空いていた。

(助かった…)

マギーは倒れ込むようにしてその中に入り、ドアを閉める。そして息を殺してナイフをにぎりしめた。いつアーサーが現れ、襲ってきてもいいように——。

※

「それから…身を隠して待ったわ…。というか、祈ってた。どうか、生きてここを出ることができますようにって…」

マギーの目がヨハンを見上げる。

「そうしたらあなたが現れた…」

「なるほど——」

相づちを打った矢先、通信室の無線にアストリッドの声が入る。

『たぶん彼女を見つけました。きっと彼女です。雪だまりに突っ込んだ状態のスノーキャットを発見しました』

「場所は？」

『その基地からカナダ基地に向けて約二十キロ地点。着陸したら、また連絡します』

「————……！」

『ヨハン。聞こえますか？　ヨハン』

その時すでに、ヨハンの姿は通信室になかった。

※

外はよく晴れ渡り、空気が澄んでいた。

地平の果てまで続く雪原は白く輝き、雲ひとつない真っ青な空と世界を二分している。

壮大にして美しい景色の中、ヨハンは雪煙を上げてスノーモービルを走らせていた。氷雪を切り裂くように、スノーモービルは猛スピードで進んでいく。

すると地平に何かが見えてきた。ゴーグル越しに目を凝《こ》らせば、着陸した真っ赤なヘリコプターであることがわかる。あそこだ！

ヨハンはヘリの近くでスノーモービルを止めて飛び降りた。急ぎすぎたせいで雪の上でつんのめるも、すぐに起き上がって走り出す。

こちらに気づいたアストリッドが沈痛なおももちで首を振った。ダメです、と伝えるかのように。

ヘリの向こうに探していたものがある。雪だまりに突っ込んで止まっているスノーキャットだ。ヘリコプターと同じく真っ赤であるはずの車体が、白い霜《しも》で覆《おお》われている。

ヨハンは走り出した。

「行かないで、ヨハン！」

アストリッドが静止してくるも脚は止まらなかった。スノーキャットのドアを開けて中をのぞいたヨハンは立ちすくみ、よろめいて後退する。

「――――…」

アニカは運転席で凍っていた。座席に身を預けて空を見上げ、瞳は虚《うつ》ろに虚空を眺めている。その顔はどことなく穏やかなほほ笑みを浮かべていた。

「…アニカ…」

震える手を彼女に向けてのばす。頬《ほお》にふれたところ、記憶にあるのとはちがう冷たく固い感触に、目頭《めがしら》が熱くなる。

「アニカ…、迎えに来た…」

決して自分を見ることのない妻に呼びかけ、涙があふれるのを感じた。ずるずるとくずれ落ち、ヨハンはその場ですすり泣く。

アストリッドはしばらく放っておいてくれた。しかし、いつまでもそのままでいるわけにはいかない。

しばらくしてヨハンは身を起こした。涙をぬぐい、アストリッドに次の指示を出そうとする。しかしその時。

ふと、運手席の下に何かがあることに気がついた。何気なく手に取ったヨハンは、その正体に思い至り目を瞠《みは》る。

「これは…例の…！」

どこかぼう然としていた頭が、急速に現実に戻ってくる。

その時、スノーキャットの車体を調べていたアストリッドが大きな声を上げた。

「ヨハン！　これを見てください！」

アニカの遺体はヘリコプターで搬送された。

ポラリスⅥに到着すると、隊員達がわらわらと駆け寄り、ヘリコプターの中から遺体が運び出される。

アニカも車両格納庫にある他の遺体の横に並べて置かれるのだ。

ヨハンはその足でアーサーの部屋に向かった。中に入るなり、厳しい表情で告げる。

「――」

「遅かったよ」

アーサーはさすがに神妙に答えた。

「…残念だ。…アニカは私の…」

「やめろ。彼女の名前を口にするな。いいか？　二度と口にするな」

押し殺した怒りに気づいたのだろう。アーサーは口をつぐむ。

「あんたが何をしたか、わかってるんだ」

ヨハンは目を瞑《つむ》った。先ほどアストリッドに見せられたものを思い出す。

スノーキャットの燃料パイプに小さな穴が開いていたのだ。スクリュードライバーか何かを刺したのだろう。小さな穴だったが、限られた燃料で走行しなければならないアニカには致命的だった。

「あんたがスノーキャットの燃料パイプに穴を開けた」

「何だと!?　私は何も――」

即座に否定するアーサーのジャケットの下襟《したえり》をつかみ上げる。

「あんたが彼女に死刑宣告をしたんだ。彼女がカナダ基地に着くはずはなかった…！」

ヨハンは放り出すようにアーサーを解放する。

しかしアーサーはしぶとかった。

「君のその思い込みに満ちた推論にはうんざりだ。頭がおかしいってわかってるよな？」

「あいにくそうは思わない」

「警察が来て、この茶番を終わらせるのが待ち遠しいね。こんなふうに私をコケにして、ただじゃすまないぞ。君と君の隊員たちはトイレ掃除《そうじ》をするはめに――」

皆まで言わせず、ヨハンはアーサーに写真を見せた。ラモンのスマホの中にあった、ポラリスVのパーティでの集合写真をプリントアウトしたものだ。

「この写真に見覚えはあるか？　あの夜に自分が何を着ていたか覚えてるだろ？」

アーサーの返事を待たず、ヨハンは持ってきたビニール袋を突きつける。スノーキャットの運転席の下で見つけたものだ。

「彼女が無謀《むぼう》な賭《か》けに出たのは、これをあんたから守るためでもあった」

それはビニール袋で包んだ、グレーのセーターだった。

「彼女の勝ちだ」

「――……」

事件の聴き取りを始めて以来、初めてアーサーが言葉を失う。ヨハンは続けた。

「これを警察に渡して、ＤＮＡ鑑定をすれば誰の血か判明する。だよな？　俺の勘ではサラ・ジャクソンのものだが、あんたはどう思う？」

「――……」

アーサーは答えない。答えることができないのだ。これだけ絶対的な証拠を出されては、これまでのようにあれこれ詭弁《きべん》を弄《ろう》して煙《けむ》に巻くことも不可能だろう。

色を失ったその顔を、ヨハンは怒りを込めて見据えた。

「あんたのキャリアは終わりだ。名声も…人生もな」


その後、ポラリスⅥの仮設滑走路にツインオッターが着陸した。十名以上が乗ることのできる小型のプロペラ機である。降りてきたのは、重装備の防寒服に身を包んだ三人の男性と、一人の女性。全員、コペンハーゲン警察から到着した刑事らだ。

氷上に降り立った四人を、ヨハンとガスが迎えた。

「ようこそ。ハンセン警部補とペデルセン警部補ですね？」

「よろしく。えぇと…」

「夏隊長のヨハン・ベルクです」

「どうも。それで、容疑者と思われるというのは…」

「アーサー・ワイルド博士です。彼の部屋に閉じ込めてあります。あなた方が事情聴取に来ることは彼も知っています」

挨拶《あいさつ》と握手を交わすと、ただちに彼らを車両格納庫に案内する。

黒焦げになったスノーキャットを前に、ヨハンが自分が来たときの状況を説明していると、一行のうち二人は並べられた遺体のほうに向かい、写真を撮り始める。どうやらそちらは法医学チームのようだ。

マスクとゴム手袋をした法医学者たちが遺体袋を開け、組織サンプルを集める際には、ミッケも立ち会った。遺体を指差し、一人一人の名前や、発見された時の状況を説明する。

その後、ヨハンは刑事たちをアーサーの部屋に案内した。

異変を感じたのは、ドアの前に立ち、ノックをしようと手を上げた瞬間だった。

ガタッ…、と室内で何かを殴《なぐ》りつける、あるいは強くぶつけるような音がしたのだ。

「———!?」

ヨハンが勢いよくドアを開けると、天井の照明にネクタイを引っかけ、首を吊ったアーサーの姿が目に飛び込んできた。しかしまだ吊って間もないらしく、痙攣《けいれん》した脚が周りのものを蹴《け》っている。物音はそのせいだ。

ヨハンは他の隊員と協力し、すぐさまアーサーの身体《からだ》を持ち上げて首に巻かれていたタイをほどいた。床に下ろされた彼は、ゼイゼイと大きく呼吸し、何度も咳《せ》き込む。

彼は高級オーダーメイドスーツに身を包んでいた。ふと見れば、テーブルには飲んだばかりと思われる紅茶が残っている。

「バカなことを…」

また逃げるつもりだったのか。ヨハンの中で怒りが増す。

床の上で苦しげに喘《あえ》ぐアーサーの前にひざをついて見下ろし、ヨハンは低い声で冷ややかに告げた。

「まだだ、アーサー。もう一度、話をしてもらう」

呼吸が落ち着いてくると、ハンセン警部補がアーサーを立たせ、手を後ろにまわして手《て》錠《じょう》をかける。アーサーはそのまま二人の警部補にはさまれて連行されていった。

その途中――ラウンジを通りがかった時、一行はミッケと話すマギーと鉢合《はちあ》わせる。

「――――」

アーサーとマギーは互いに気づき、見つめ合う。

連行される彼が通り過ぎるまでの、ごく数秒のことだ。――と思われた矢先、彼は拘束《こうそく》を振り払うようにして向きを変えた。

「このクソアマぁぁ……！」

怒りを爆発させた彼は、マギーに駆け寄ろうとして、両脇の警部補たちに力ずくで止められた。騒動に気づいた他の隊員の協力もあり、激しく暴れるアーサーはずるずると外へ連れ出されていく。

今、彼の胸中に何があるのかはわからない。知りたいとも思わない。

ヨハンは正面玄関前の階段に立って、プロペラ機に押し込まれるアーサーを見送った。

気分が晴れたとはとても言えない。失ったものの大きさに、心の中はまだまだ茫然《ぼうぜん》自失《じしつ》の状況だ。それでも事件の決着がついたおかげで、少しは前向きになれる気がする。

（そうだ――）

ヨハンは、それがマギーのおかげであること、そして彼女に言わなければならない言葉があることを、ふと思い出した。

ヘリが出発する時間に間に合うよう、マギーは準備をしていた。今日、いよいよこの基地を離れ、帰国の途につくのだ。

身のまわりのものを片づけて荷物をまとめ、鏡に自分を映す。髪をひとつに束ね、軽くメイクもした。顔の傷はだいぶ薄くなっている。

身支度《みじたく》を調えると、ベッドに腰かけて分厚いブーツを履《は》こうとした。

そのとき、ドアをノックする音が響く。

「どうぞ」

そう言うと、ヨハンが顔をのぞかせた。

「帰る準備はできたか？」

「もう何週間も前から準備はできてる。わかるでしょ」

「実はこれを…」

ヨハンはぎこちなく、持ってきたものを差し出した。マギーのノートパソコンである。

「警部補たちが、もう返していいって言っていたよ」

マギーは口の端を持ち上げる。

「私はもう容疑者じゃないみたいね」

「みたいだな」

ヨハンはノートパソコンを机の上に置いた。

マギーはブーツの紐を結ぼうとするが、まだ手が震えていてうまくいかない。

「あぁ、私が…」

ベッドに座るマギーの前に彼はひざまずいた。

「T3はそのうち治るよ。ミッケが、もう少し休めば良くなると言っていたからね」

靴紐《くつひも》を結ぶあいだ、気まずい沈黙が流れる。ちらりとこちらを見上げたヨハンは、何かを言おうとしているようだ。だまって待っていると、彼は靴紐を見つめたままおずおずと口を開いた。

「その…私は…謝りたい。君にひどい態度を取って…君を非難してしまった。すまない。あの時の私は…どうかしていた…」

「ヨハン…」

訥々《とつとつ》とした謝罪に、マギーは彼に対して構えていた気持ちが、ふっと和《やわ》らぐのを感じた。

「私だって自分の愛する人に何かあったら、何をするかわからないわ」

「…ありがとう」

ヨハンは頭を下げ、両方の紐を手早く結んで立ち上がった。

「君はもう南極には戻ってこないよな」

マギーは笑顔でうなずく。

「ええ、戻ることはないと思う」

「いい人生を送れよ、マギー」

「あなたもね。ヨハン」

彼が部屋を出ていくと、マギーの顔からそれまで浮かべていた笑顔がすっと消えた。

ベッドから立ち上がり、ドアに鍵《かぎ》をかけてデスクに戻ると、ノートパソコンを開く。画面が出るや、スカイプを起動してシルビアのアイコンをクリックした。

発信音が何度か鳴った後、母国にいる妹、シルビアが画面に現れる。懐かしい顔を見たとたん、目に涙が浮かんだ。

「ハイ、シルビア」

彼女は心配そうに訊ねてくる。

『オリビア…。…終わったの？』

マギーはうなずいた。久しぶりに見る顔、そして久しぶりに聞く自分の本当の名前。

妹の声を聞いた瞬間、それまで肩に乗っていた重いものが消えるのを感じた。心からホッとして、解放感に包まれる。

「ええ、終わったわ…」

『うまくいった？』

「ええ。ありがとう…手伝ってくれて」

『あんなの…大学の成績証明書を偽造して、送っただけ。手伝ったうちに入らないわ』

「でも…一緒に色々考えてくれたわ」

マギーは目を閉じた。

すべての始まりは、ダミアン・ファウルズからの連絡だった。

火事に巻き込まれ、勇敢《ゆうかん》な行動を取った末に命を落としたとばかり思っていた母の――

サラ・ジャクソンの死の真相を、彼は教えてくれた。

『すまない…本当にすまない。サラのため…真実を話すべきだと思ったんだ…』

ロンドンのレストランに現れた彼は、髪がぼさぼさで、目の下には濃い隈《くま》があった。見るからに睡眠不足で憔悴《しょうすい》しきった様子だった。

『これを…君たちに、渡さなければと…』

真っ赤な目に涙をあふれさせ、彼はビニール袋に包まれたグレーのセーターを差し出した。いつか必要になるかもしれないと考え、それを南極基地から持ち出したと言って。

テーブルの上に置かれたセーターを見下ろし、自分は怒りと悔《くや》しさに心を燃え立たせていた。それは彼らの罪を暴く何よりの証拠になる。

しかし――ダミアンから聞かされたアーサーやアニカの人柄を思えば、彼らがおとなしく罪を認めるとは思えなかった。また仮にアーサーが有罪になったとして、過失致死の場合はおそらく数年で社会復帰する。事件の隠蔽《いんぺい》を図ったに過ぎないアニカに至っては、執《しっ》行猶予《こうゆうよ》で終わる可能性すらある。その後、彼らは自分がしたことへの反省もなく、事件を忘れて生きていくにちがいない。

自分の保身のためだけに母の死を汚した者達への報復は、そんなものでは到底足りなかった。

アーサーとアニカー――そして事件の隠蔽に荷担したすべての者たちに、自分の罪を思い出させ、この手で鉄槌《てっつい》を下してやりたい。

そう考えた自分は、シルビアの協力を得て計画を立てた。

ポラリス・プログラムは現在も続行されており、折しも今年、ポラリスⅤに参加した者たちが全員顔をそろえることになっていた。絶好のチャンスだ。

自分が潜り込めるとしたら医師の枠《わく》だけ。そう考え、まずはその枠を空けるため、日課のジョギングをしていたラーズを車ではねた。彼がジョギングコースにしている公園は、広くて人気《ひとけ》がなく、朝は濃い霧に包まれている。難しいことではなかった。

次に名前と出身校を変え、ポラリス・プログラムに応募した。どんな人間が選ばれるかを事前に徹底的に調べて臨《のぞ》んだところ、何とか審査に通った。

そして越冬隊の隊員として数ヶ月を過ごし――冬が終わりに近づいたある夜、ついに計画を実行に移した。

電気ステーションにある衛星通信の機材を破壊し、マイルズをおびき寄せて背後からレンチで殴《なぐ》りつけた。何度も何度も。息の根が止まったのを確認した後、首を切り落とした。

アキの予想は正しい。あれは自分から彼らへのメッセージだ。恐がれ。震え上がれ。

ニルスの遺体に刻んだ「Ｖ」に関しても同じ。彼らは考えただろう。これはもしかしたら罰なのではないかと。しかし臆病な彼らは誰にも言えず、恐怖に震えて死んでいった。

エバも、ラモンも、エリックも――そしてアニカも。

グレーのセーターをスーツケースの中で見つけたと、ヨハンに話したのは嘘だ。実際は自分がポラリスVに持ち込んだ。そしてアニカがスノーキャットで出発する際、こっそり運転席の下に置いたのだ。

すべて自分の計画だった。アーサーに罪をなすりつけるための！

『お姉ちゃんのこと、誇りに思う』

まっすぐなシルビアの言葉に、マギーは泣き笑いになった。

「…帰ったら、一緒にビールを飲みに行こう」

『そうね。そうしよう』

シルビアとの短いビデオ通話を終えると、涙をぬぐい、ふたたびマギーの仮面をつける。

まだ完全に終わったわけではない。気を抜いてはならない。

荷物を手に外に出ると、滑走路にはすでにプロペラを回転させたヘリコプターが待機していた。

風にあおられて雪が舞う中、荷物を機内に押し込みながら、マギーはもう一度ポラリスをふり返る。正面玄関前の階段の上にヨハンがいた。見送ってくれているのだ。

マギーはそちらに向けてほほ笑み、ついに自分もヘリに乗り込んだ。

※

正面玄関前の階段で出発するマギーを見送っていたヨハンは、一瞬、わずかな違和感を覚えた。

ヘリに乗る間際にマギーが見せた、あの晴れやかなほほ笑みは何だったのだろう？

ふと思い出したのは、ミッケとのやり取りだ。

マギーのＴ３は仮病なのではないかと訊ねた自分に、彼はきっぱりと首を横に振った。

『いいえ、僕はＴ３の患者をたくさん診《み》てきました。とてもそうは思えません』

専門家の彼が自信を持ってそう言うのなら、まちがいないだろう。

ヨハンは自分の考えすぎを笑う。

ヘリコプターが離陸するのを見守った後、ヨハンは踵《きびす》を返して基地の中に入っていった。

※

プロペラの騒音が響く機内で、次第に遠ざかっていく地上と、小さくなっていくポラリスⅥとを窓からじっと眺める。

手の震えは止まっていた。周囲に人目がない今、病気のふりをする必要はない。

『オリビア・ジャクソン…』

ふと聞こえた声に前を向くと、そこにアキが座っている。南極用の防寒具ではなく、カジュアルな普段着だ。

いるはずのない姿を目にしてもオリビアは驚かなかった。

『いい名前だ。でも僕はマギー・ミッチェルのほうが好みかな』

記憶の中にあるままに、彼は優しくほほ笑む。

『アニカに質問したこと、覚えてる？　迷いはなかったのかって訊いたよね。…君はどうだったの？』

「───」

オリビアはゆっくりと瞬きをした。

優しくて、同時に悲しげなアキの瞳をじっと見つめる。

ヘザーを死なせるつもりはなかった、というのは言い訳だろうか？　もし仮に彼女が、自分の計画の前に障害として立ちはだかったなら、きっと排除していただろう。そう───アキにしたように。

カナダ基地へ行くというアニカを送り出すため、スノーキャットの燃料を満タンにした後、マギーは燃料パイプにスクリュードライバーで穴を開けた。

小さな穴。しかし予定より早い燃料切れは、確実に彼女を死に追いやるだろう。

ぽたぽたと燃料をしたたらせる穴を無表情に眺めていた、その時——

「…マギー？」

背後で響いた声に、マギーはビクッと肩を揺らしてふり向いた。

そこにはアキが立っていた。アーサーから逃げられたようだ。大きく肩で息をしている。

彼はぽかんとこちらを見ていた。たった今、自分が目にしたことを、頭の中で整理しきれないとでもいうかのように。

「…何をしてるんだ？」

困惑を交えて訊ねてくる彼を、マギーは何とかごまかそうとした。

「アキ、よかった！　無事だったのね」

笑顔を浮かべ、両手を広げて歩み寄る。

「心配したのよ。どうやって逃げたの？　アーサーは？」

しかし彼は、片手ににぎられているスクリュードライバーから目を離さなかった。

「何をしてたんだ…？」

「アニカよ。彼女がカナダ基地に救援を要請しに行くの。私たち、ここから出られるかもしれない。アニカが私たちを助けてくれるの」

恋人の無事を喜ぶていで、ゆっくりと彼に歩み寄り、そっと抱きしめる。しかしアキの身体《からだ》はこわばっていた。彼はだらりと両手をたらしたまま、かすれた声でつぶやく。

「でも…今、君は…君は……」

「…ごめんなさい。許して」

腕をからみつけた首筋を自分に引き寄せると、マギーは彼の腹部にスクリュードライバーの先端を、渾身《こんしん》の力でねじ込んだ。

「————…!?」

アキはマギーを両手でつかんで自分から引きはがす。衝撃に目を見開き、口からは血をあふれさせていた。

マギー自身も震えていた。その時ばかりは、身体の震えを止めることができなかった。うっすらと目に涙をにじませ、愛する人を見つめる。

やがてアキは、がくりとその場にひざをついた。

その時、車両格納庫の入口にアニカがやってくる。

「マギー？　糧食を持ってきたわ。そっちはどう？」

幸い、そこは積み上げられた工具箱の陰だったため、アニカからは見えない。ヒューヒューと、喉《のど》からかすかな声をもらすアキの身体を、マギーは静かに床に横たえた。

黒い瞳から、少しずつ命の光が失われていく。

その現実から顔を背けるように、マギーは立ち上がった。工具箱の壁から出ていき、大きなバックパックを抱えてスノーキャットの運転席に向かうアニカに近づいていく。…アキの血のついたスクリュードライバーをポケットに隠しながら。

ヨハンには、アーサーがアキを殺したと話した。しかし彼の死についてはそれが真相だ。

「…………」

オリビアは、目の前で穏やかにほほ笑むアキの幻を見つめる。

彼は死んだ。その姿がこんなふうに見えるのは、T3の症状だろうか。それもおかしい。オリビアはただ、T3にかかったふりをしていただけだというのに。

様々な症状を見聞きしていたおかげでリアルに芝居をすることができた。実際ヨハンも、医師であるミッケすらも完全にだまされていた。

アキは問いをくり返す。

『後悔《こうかい》は…した？』

目の前にいる彼は、おそらく自分の良心。大切にしたかったのに、どうしても葬《ほうむ》らなければならなかったもの。

母を死に追いやって恥じない者達への憎しみは、それほどに激しくオリビアの心を燃やした。――立ち止まるわけにはいかなかった。たとえそれが、決して望まぬ喪失《そうしつ》を伴《ともな》ったとしても。

オリビアは小さな笑みを浮かべて目を伏せた。

もし時間を巻き戻して、もう一度選ぶことができたとしても、きっと同じ道に進むだろう。そんな自分に、後悔など口にできるはずもない。

悲しみも、罪の意識も、自責も、彼に伝えることはできない。胸を苛《さいな》むあらゆる感情を押しのけて、今最も強く感じているのは、まぎれもない達成感であるのだから。
オリビアは返す言葉を見つけられぬまま目を上げる。
いつの間にかアキの姿は消えていた。
どこにもいない。
もう二度と会えない。
「…………」
オリビアは窓の外に目をやった。まぶしいほどに、どこまでも真っ白な景色を眺める。
その手に、ぽたりと雫《しずく》が落ちた。手の甲に落ちて流れる。
それは涙の代わりに鼻からこぼれた、血の雫だった。

※この作品はフィクションです。実在の人物・団体・事件などにはいっさい関係ありません。

集英社オレンジ文庫をお買い上げいただき、ありがとうございます。
ご意見・ご感想をお待ちしております。

● あて先
〒101-8050　東京都千代田区一ツ橋2-5-10
集英社オレンジ文庫編集部 気付
ひずき優先生

ノベライズ
THE HEAD

集英社
オレンジ文庫

2020年7月27日　第1刷発行

著　者　ひずき優
原　作　アレックス・パストール
　　　　デヴィッド・パストール
発行者　北畠輝幸
発行所　株式会社集英社
　　　　〒101-8050東京都千代田区一ツ橋2-5-10
　　　　電話【編集部】03-3230-6352
　　　　　　【読者係】03-3230-6080
　　　　　　【販売部】03-3230-6393（書店専用）
印刷所　凸版印刷株式会社

※定価はカバーに表示してあります

ISBN 978-4-08-680334-2 C0193